TRANCH!

Papel certificado por el Forest Stewardship Council®

MIXTO
Papel | Apoyando la silvicultura responsable
FSC® C117695

Penguin Random House Grupo Editorial

Primera edición: marzo de 2025
Primera reimpresión: enero de 2026

Travessera de Gràcia, 47-49. 08021 Barcelona
Diseño de la cubierta: Penguin Random House Grupo Editorial, S.A.U. / Lourdes Bigorra
Guion de las historietas e ilustraciones: Francisco Ibáñez

Printed in Spain – Impreso en España

ISBN: 978-84-02-43043-4
Depósito legal: B-574-2025

Lettering: Celeste Rodríguez de Bobes
Fotocomposición de la parte de cómic: M.I. Maquetación

Impreso en Talleres Gráficos Soler S.A.
Esplugues de Llobregat (Barcelona)

BG 3 0 4 3 4

F. Ibáñez

MI PRIMER MORTADELO Y FILEMÓN

INVENTOS, ¡menudos experimentos!

Personajes

MORTADELO

Es un agente voluntarioso y fiel, atento a los deseos de su jefe, aunque es el primero en recibir sus palos y broncas. Su ingenuidad y su capacidad para tomarse las cosas al pie de la letra dan siempre lugar a situaciones disparatadas. Además, es el rey del camuflaje. Tiene un repertorio infinito de disfraces que usa para huir cada vez que la fastidia.

FILEMÓN

Es el jefe, y lo demuestra con su actitud. Suele estar serio y trata con severidad a Mortadelo, culpándole de la mayoría de las desgracias, aunque al entrar en acción sus meteduras de pata son espectaculares. Filemón vive en la misma pensión que Mortadelo y temen al Súper tanto como odian al profesor Bacterio: ¡muchísimo!

OFELIA

Es la secretaria de la T.I.A. y se encarga de todas las tareas: llevar su agenda, imprimir sus informes y hacer llamar a Mortadelo y Filemón cuando surge una misión. Aunque le gusta Mortadelo, no duda en gritarle cada vez que él se mete con ella. Tiene muy mal genio, pero en el fondo es una mujer coqueta y enamoradiza.

EL SÚPER

Vicente es el director de la T.I.A., tiene altos cargos por encima de él que le visitan a menudo y amenazan con dejarle sin trabajo. Siempre da a Mortadelo y Filemón las misiones más importantes, para después sorprenderse cuando la pifian. Tiene mano dura con ellos, pero casi nunca los atrapa a tiempo para cumplir sus amenazas.

EL PROFESOR BACTERIO

Es un gran científico que trabaja en la T.I.A. creando inventos para ayudar en las investigaciones. Sin embargo, sus creaciones siempre vienen con sorpresa y no funcionan tan bien como asegura. Mortadelo y Filemón sufren las consecuencias e intentan que el científico lo pague caro.

Busca y encuentra

OJO, LECTOR, EN LAS SIGUIENTES PÁGINAS ENCONTRARÁS VARIOS INVENTOS DEL PROFESOR BACTERIO, ¡O A SUS VÍCTIMAS! ¿PODRÁS DAR CON TODOS? **LEE LAS HISTORIAS Y REGRESA A ESTAS PÁGINAS PARA MARCAR CON UNA X UNA VEZ LOS HAYAS ENCONTRADO.**

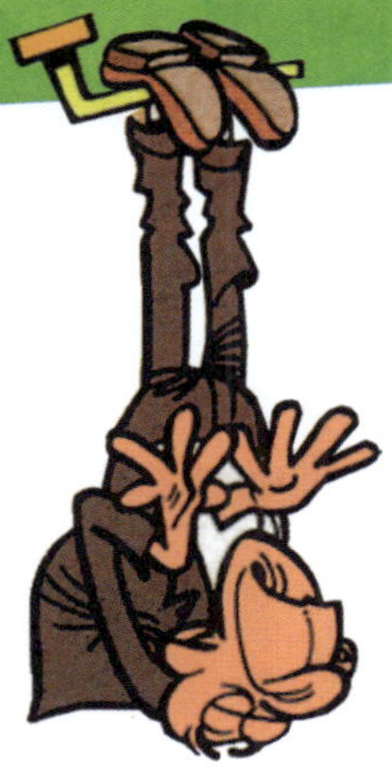

UNA AVENTURA DE MORTADELO Y FILEMÓN

LOS INVENTOS DEL PROFESOR BACTERIO

GUION E ILUSTRACIONES DE

F. IBÁÑEZ

¡BRUTO!
¡RIIIING!
¡ALGUIEN LLAMA! ¡CONECTE EL CIRCUITO CERRADO DE TELEVISIÓN, PARA QUE VEAMOS QUIÉN ES!
SÍ, JEFE.
¡NO! ¡ÉSE NO! ¡ES EL BOTÓN DE LA DERECHA!
CLIC
¡FLOASH!
¡UAAAAAAAAH!
¡GRRR!
¿ES QUE NUNCA VA A RECORDAR QUE EL DE LA IZQUIERDA CONECTA EL **LANZALLAMAS DEFENSIVO?**
HOMBRE, JEFE; YO...
1-A
¡CARAMBA, SI ES EL AGENTE CACHALÓTEZ!
TAN MORENITO COMO SIEMPRE, ¿EH?
¡Y CON EL MISMO MAL GENIO DE SIEMPRE!
¡EL SUPERINTENDENTE HA DICHO QUE SE PERSONEN EN EL CUARTEL GENERAL, INMEDIATAMENTE!
Y QUE SE ASEGUREN DE QUE NINGÚN ESPÍA DESCUBRA QUE VAN ALLÁ... ¡SE TRATA DE UN ASUNTO DE ALTO SECRETO!
¡O.K.!
YA LO HA OÍDO. ¡HEMOS DE EVITAR QUE LOS ESPÍAS CREAN QUE VAMOS AL CUARTEL GENERAL!
¡TENGO UNA IDEA, JEFE!
¡PODEMOS IR DE ESPALDAS Y ASÍ CREERÁN QUE **VOLVEMOS!**
MORTADELO... ¿QUIERE DARSE LA VUELTA?
¿LA VUELTA, JEFE? ¿ASÍ...?
¡PUES YO CREO QUE LA IDEA ES BASTANTE BUENA!
¡PUAJ! CADA VEZ ME DAN EL FORRAJE MÁS LLENO DE BICHOS.
BIEN, HOY TOCA UTILIZAR LA ENTRADA SECRETA MIL DIECISIETE, A.
¡LA DEL MURO!
1-B

AQUÍ ES. LE DAMOS AL BOTONCITO Y...
¡BUF! ¡LO QUE ME HA COSTADO PEGAR ESTE DICHOSO ANUNCIO!
SUELAS CARTONEZ
¡JAMÁS SE AGUJEREAN!
¡RAS!¡C
¡JAMÁS SE AGUJEREAN!
¡CÓMO SE HA PUESTO EL "PEGA-CARTELES" ESE! ¿EH, JEFE?
NO ME HABLE. ¡NO ME HABLE!
¡YA ESTAMOS AQUÍ, SEÑOR "SÚPER"!
¡POR FIN! ¡YA ERA HORA!
2-A
VERÁN. RESULTA QUE TENEMOS TRABAJANDO AQUÍ A UN FAMOSO CIENTÍFICO...
¿CIENTÍFICO? ¡NO SERÁ EL PROFESOR BACTERIO ESE! ¿EH?
¡BOOM!
¡AAAAY!
SÍ, ES EL PROFESOR BACTERIO.
¿QUÉ LE HA PASADO?
NADA, QUE ESTABA PERFECCIONANDO UN APARATO PARA PRODUCIR EL SILENCIO ABSOLUTO Y...
BIEN. RESULTA QUE EL PROFESOR BACTERIO HA PUESTO A PUNTO UNA SERIE DE INVENTOS, PARA FACILITAR LA LABOR DE NUESTROS AGENTES.
PERO, CLARO, ANTES DE ADOPTARLOS, NECESITAMOS QUE ALGUIEN LOS PRUEBE. POR ESO LES HE LLAMADO A USTEDES...
¡USTEDES! ¿DÓNDE ESTÁN USTEDES?
¡TRIIIIIIIIIING!
¡ALARMA GENERAL! ¡SE INTERESA LA BUSCA Y CAPTURA DE LOS AGENTES MORTADELO Y FILEMÓN!
¡SOPLA, QUÉ DOS LIEBRES!
2-B

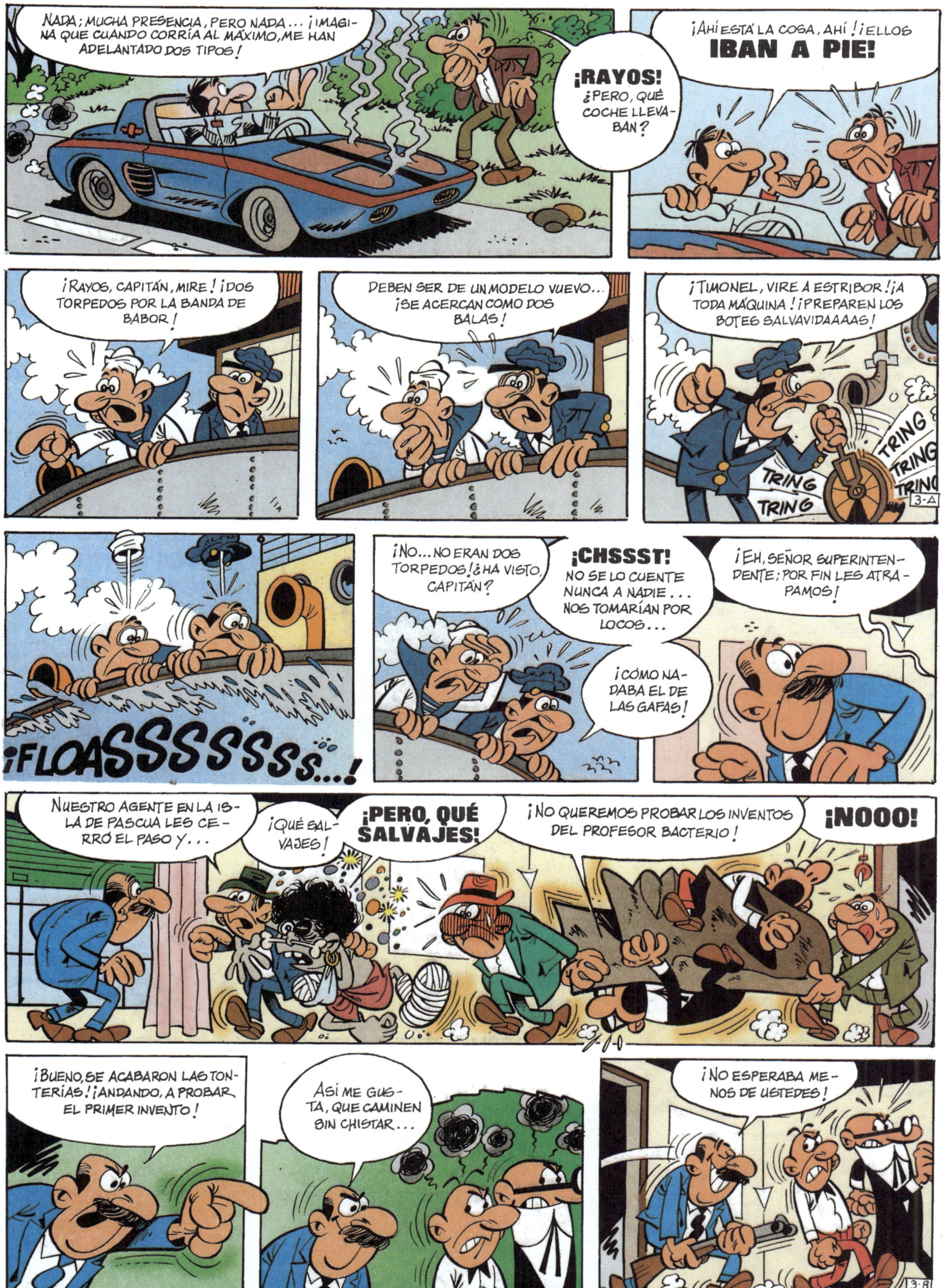
NADA; MUCHA PRESENCIA, PERO NADA... ¡IMAGINA QUE CUANDO CORRÍA AL MÁXIMO, ME HAN ADELANTADO DOS TIPOS!
¡RAYOS! ¿PERO, QUÉ COCHE LLEVABAN?
¡AHÍ ESTÁ LA COSA, AHÍ! ¡ELLOS IBAN A PIE!
¡RAYOS, CAPITÁN, MIRE! ¡DOS TORPEDOS POR LA BANDA DE BABOR!
DEBEN SER DE UN MODELO NUEVO... ¡SE ACERCAN COMO DOS BALAS!
¡TIMONEL, VIRE A ESTRIBOR! ¡A TODA MÁQUINA! ¡PREPAREN LOS BOTES SALVAVIDAAAAS!
TRING TRING TRING TRING TRING
3-A
¡FLOASSSSSSSs...!
¡NO... NO ERAN DOS TORPEDOS! ¿HA VISTO, CAPITÁN?
¡CHSSST! NO SE LO CUENTE NUNCA A NADIE... NOS TOMARÍAN POR LOCOS...
¡CÓMO NADABA EL DE LAS GAFAS!
¡EH, SEÑOR SUPERINTENDENTE; POR FIN LES ATRAPAMOS!
NUESTRO AGENTE EN LA ISLA DE PASCUA LES CERRÓ EL PASO Y...
¡QUÉ SALVAJES!
¡PERO, QUÉ SALVAJES!
¡NO QUEREMOS PROBAR LOS INVENTOS DEL PROFESOR BACTERIO!
¡NOOO!
¡BUENO, SE ACABARON LAS TONTERÍAS! ¡ANDANDO, A PROBAR EL PRIMER INVENTO!
ASÍ ME GUSTA, QUE CAMINEN SIN CHISTAR...
¡NO ESPERABA MENOS DE USTEDES!
3-B

VERÁN: SE TRATA DE UN PRODUCTO QUE DOTARÁ A NUESTROS AGENTES DE UNA **GRAN INTELIGENCIA.**
¡VAYA, HOMBRE! ¿Y POR QUÉ NO SE TOMA USTED UN PAR DE GARRAFAS, A VER SI...?
¡BASTA DE DISCUSIONES! ¡O SE TOMAN CADA UNO UN BUEN TRAGO, O...!
REC
ROOOC
¡GLU, GLU, GLU!
¡GLU, GLU...!
¡IIIIIIIIIIH!
PLOF
BLIMP BLIMP BLIMP BLIMP BLIMP
4-A
NO HAY DERECHO... ¡TE ACOSTUMBRAS A UN VENENO Y TE SUELTAN OTRO PEOR!
¡NO SOMOS NADA!
¡ESTO ES UN GENOCIDIO!
EL POBRE JEREMÍAS...
¡LE HE VISTO TIRAR EL PRODUCTO EN EL JARRÓN! ¡VAMOS, BEBA! **¡BEBA!**
¡NO! ¡NO! ¡NOOOOO! ¡GLGLGL...!
¡BRRR! ¡JFZZZ!
BUENO, DENTRO DE NADA, NOTARÁN LOS EFECTOS. SE CONVERTIRÁN EN UNOS SERES SUPERINTELIGENTES Y...
ZOOM!
¡GLUB!
CRE... CREO QUE HA HABIDO ALGÚN FALLEJO TÉCNICO...
¡IAAAAH!
¡IAAAAH!
¡NO... NO SE LO TOMEN ASÍ!
¡AY!
¡A LO MEJOR, UN DÍA DE ESTOS ENCUENTRO EL ANTIDOTO!
¡AY! ¡AY! ¡AAAY!
¡DURO CON ÉL, JEFE! **¡DURO!**
PAF PAF PAF PAF PAF
¡ES SUYO, MORTADELO! ¡DEVUÉLVALO!
4-B

¡JEFEE! ¡JEFEEEE!
¡VIENEN A BUSCARNOS CON LA FURGONETA DEL CUARTEL GENERAL! ¡QUERRÁN HACERNOS PROBAR OTRO DE LOS INVENTOS DEL PROFESOR BACTERIO!
¡JEFE!
¡AGUARDE! ¡NO ME DEJE SOLOOOO!
¡LA VENTANA! ¡HUYAMOS POR LA VENTANA!
5-A
¡JE, JE, JEEE! ¡YA CAYÓ UNO!
¡HAN ATRAPADO AL JEFE! TENGO QUE BUSCAR OTRO SITIO POR DONDE ESCAPAR...
¡YA ESTÁ! ¡POR LA CHIMENEA!
¡RAYOS! ¿QUÉ...? ¡NO! ¡NO!
¡BUEN TRABAJO, "SEBASTIÁN"! ¡JE, JE! ¡YA PUEDES ABRIR EL PICO!
¡HALA, ANDANDO!
¡GRRR...!
¡OJALÁ TE DESPLUMEN A LO VIVO!
¡AQUÍ ESTÁN, SEÑOR SUPERINTENDENTE!
¡AJÁ! CONTENTOS Y DECIDIDOS COMO SIEMPRE, ¿EH?
5-B

BIEN, LES HE HECHO VENIR, PARA QUE PRUEBEN OTRO INVENTITO DEL PROFESOR BACTERIO. ¡JE, JE! ÉL LES EXPLICARÁ...
SE TRATA DEL "SUPLANTON". AL TOMARLO, POR UNA REACCIÓN DE MIMETISMO, SE ADQUIERE LA FORMA DE LA PERSONA QUE ESTÁ MÁS PRÓXIMA...
¡ASÍ PUEDEN SORPRENDER Y ATRAPAR A LOS "CACOS", SIN QUE ÉSTOS LES RECONOZCAN!
¡HALA, AGARREN EL FRASCO Y VAYAN A DETENER A MAC EL "HOTENTOTE"!
¿USTED CREE QUE RESULTARÁ, JEFE?
YA LO CREO QUE RESULTARÁ... ¡UNA CATÁSTROFE COMO SIEMPRE!
HARE UNA PRUEBA, A VER SI ADQUIERO LA FORMA DEL TIPO ESE...
¡GLUC!
¡MIAUUU!
6-A
¡ZOUF!
¡JEFE! ¡JEFE! ¿DÓNDE ESTÁ?
¡AQUÍ, MERLUZO! ¿ES QUE NO ME VE?
¡JEFE!
¡BRRR! TENÍA QUE CRUZARSE ESE MALDITO GATO, JUSTO CUANDO...
¡JE! RESULTA QUE ES CIERTO ESO DEL GATO NEGRO Y LA MALA SUERTE. ¿EH?
ANDE, PRUEBE OTRO TRAGUITO, A VER QUÉ PASA...
¡GLUC!
¡ZOUF!
¡JEFE! ¡LE VEO LA MAR DE GUAPETÓN!
¡GRRR! ¡PREFERÍA LA FORMA DEL GATO!
¡VAYA... HIP... YA HE VUELTO A "SOPLAR" MÁS DE LA CUENTA...!
¡LÁRGUESE BIEN LEJOS, QUE VOLVERÉ A PROBAR!
BUENO, BUENO.
ME ARRIMARÉ A ESE TIPO, A VER QUÉ PASA...
¡RAYOS! ¡PERO SI ES MORTADELO!
6-B

¡POR FIN TE ATRAPÉ! ¡TOMA, TOMA, TOMA!
¡Y COMO NO ME DEVUELVAS LAS DIEZ MIL QUE ME DEBES, TE VOLVERÉ A "REPASAR" CON EL BASTÓN DE NUDOS! ¡PUES SÍ!
¡AY! ¡AY!
¡JEFE!
¿PERO, QUÉ LE HA PASADO?
¡GRANUJA! ¡SINVERGÜENZA! ¡MOROSOOO!
¿PE... PERO, QUÉ DICE? ¿QUÉ LE PASA? ¡SOCORROOO...!
VOLVERÉ A PROBAR JUNTO A ESE INDIVIDUO, A VER...
¡GLUC!
¡ZOUF!
¡RAYOS!
¿PERO QUÉ... QUÉ...?
7-A
¡"MATÍAS"! ¿QUIERES ESTARTE QUIETO DE UNA VEZ? ¡ME VAS A AGUJEREAR EL BOLSILLO!
¡HUY, UN RATÓN! ¡TOMA ESCOBAZO!
¡PAF!
¿QUIERE ESTARSE QUIETO, PEDAZO DE BRUTO? ¡SOY YO! ¡FILEMÓN!
¡AH!
LA... LAMENTO HABERLE GOLPEADO... ¿QUIERE QUE LE TRAIGA UNA COPITA DE COÑAC?
SÍ, YO LES AVISÉ, IMAGÍNESE... ¡ESTABA INVITANDO A UN RATÓN A ECHAR UN TRAGO!
¡SUÉLTENME! ¡LES DIGO QUE NO ESTOY CHIFLADOOO!
CALMA, CALMA. AHORA LE PRESENTAREMOS A UNA LAGARTIJA, PARA QUE LA CONVIDE A GASEOSA...
¡BRRR! PROBARÉ OTRA VEZ, JUNTO A ESE SEÑOR BAJITO...
¡GLUC!
¡ZOUF!
¿QUÉ... QUÉ HA PASADO AQUÍ? ¿QUÉ...?
¡"CACAHUETE"! ¡COMO TE VUELVAS A ESCAPAR, TE SACUDO! ¿EH?
¡NO! ¡NO! ¡NOOOOO!
7-B

POR FIN PUDE ESCAPAR... ¡ALLÍ ESTÁ EL JEFE!
HALA, JEFE, BEBA... ¡VERÁ COMO ESTE COÑAC LE REANIMA!
¡EL JEFE SOY YO! ¡YO!
¿U... USTED? ¡CARAMBA, JEFE, QUÉ CAMBIADO LE ENCUENTRO!
¡OLE LOS TÍOS CALVOS... HIC... CON SALERO!
¡HUMBERTO, VUELVE A CASA! ¡YA TE ENSEÑARÉ YO!
AHÍ HAY OTRA BIRRIA DE TÍO... ¡PERO MÁS VALE SER ESO, QUE UNA MONA!
¡GLUC!
¡ZQUF!
¡AH!
¡ESE MEJUNJE LE SIENTA FATAL! ¿EH, JEFE?
8-A
TÚ COME, COME, QUE TE VOY A SACAR UNOS JAMONES...
¡GRONF!
¿QUÉ DEMONIOS HA OCURRIDO AHORAAA...?
PUES COMO NO DESPABILE A LA PRÓXIMA... ¡SÓLO LE QUEDA UN TRAGUITO!
¡ESTA VEZ NO HABRÁ FALLOS! ESE TIPO ME SERVIRÁ...
¡GLUP!
¡NO! ¡NO! ¡NOOO!
CIRCUS POPOF
BOM BOM BOM
¡ZQUF!
¡ÁNIMO, JEFE! DICE EL PROFESOR BACTERIO QUE UN AÑO DE ESTOS DESCUBRIRÁ EL ANTÍDOTO...
¡QUE ME LO TRAIGAN! ¡BRRR! ¡CUANDO YO LE PONGA LA PATA ENCIMA...!
ELEFANTE SALVAJE PROHIBIDO ECHARLE CACAHUETES
8-B

¿QUIÉN ES?
TOC TOC
¡SOY EL AGENTE BESTIÁJEZ! ¡ABRAN!
SÍ, SÍ... ¡PARA QUE LUEGO RESULTE QUE ES EL LOBO!
¡ASOME LA PATITA POR DEBAJO DE LA PUERTA, A VER SI ES EL AGENTE BESTIÁJEZ!
¡CRAC! ¡PLOF!
PUES SÍ, ES EL AGENTE BESTIÁJEZ...
ROC ROC
¡ORDEN DEL SUPERINTENDENTE! ¡QUE SE PRESENTEN EN EL CUARTEL GENERAL, INMEDIATAMENTE!
9-A
¡YA! Y SI NO NOS DIERA LA GANA IR... ¿QUÉ PASARÍA?
CREO QUE NO DEBIÓ HACERLE ESA PREGUNTA, JEFE...
EFECTIVAMENTE... ¡NO DEBÍ HACÉRSELA!
ESE AGENTE BESTIÁJEZ TIENE UNA MANERA DE RESPONDER QUE YA, YA...
¡DEBAJO DEL RÍO AMARILLO...
...NO HAY QUIEN ENCIENDA UN PITILLO!
fume
GODOS
¡CORRECTO! ¡PUEDEN PASAR!
fume
AQUÍ ESTAMOS, SEÑOR "SÚPER".
MUY BIEN. SE TRATA DE PROBAR OTRO DE LOS INVENTOS DEL PROFESOR BACTERIO, QUE...
¡AH, NO, NI HABLAR! ¡NO CUENTE CON NOSOTROS!
¡QUE LO PRUEBE SU TÍA!
9-B

¡MUY BIEN! QUIZÁS PREFIERAN QUE LES OBLIGUE A VER ESTA NOCHE "LOS PERSUASORES"...
TAP TAP
¡NO! ¡ESO NO! ¡PIEDAAAD!
¿DÓNDE ESTÁ ESE INVENTO? ¡QUE NOS LO ECHEN, QUE NOS LO ECHEN!
AQUÍ LO TIENE. ¡SE TRATA DEL RAYO DE LA SEGUNDA DIMENSION!
USTEDES YA SABEN QUE EL CUERPO HUMANO, COMO TODOS LOS CUERPOS, TIENE TRES DIMENSIONES, ¿NO?
PUES BIEN, AL ENFOCARLE ESTE RAYO, QUEDA REDUCIDO A DOS: ALTURA Y ANCHURA... ¡COMO UN PAPEL!
¿SE DAN CUENTA? ¡PUEDEN COLARSE POR DEBAJO DE UNA PUERTA, ESCONDERSE EN UN SOBRE, CAMUFLARSE EN UNA NOVELA Y ADEMÁS, PUESTOS DE LADO, NI SE LES VE!
10·A
ASÍ QUE APROVECHARÁN ESE INVENTO PARA COLARSE EN EL "CLUB DEL ESPÍA" ENEMIGO Y VER LO QUE SE TRAMA POR ALLÍ. ¡ANDANDO!
VAYA INVENTO, ¿EH, JEFE? ¡DEJARLE CONVERTIDO A UNO EN PAPEL DE BARBA...!
VAMOS A PROBAR SI ES CIERTO...
¡NO! ¡CUIDADO...!
CLIC
¡AH!
¡SOPLA, PUES SÍ! ¡HA QUEDADO MÁS PLANO QUE UN BILLETE DE TRAVÍA!
¡EL VIENTO! ¡QUE SE ME LLEVA EL VIENTOOO!
¡RAYOS!
¡SOCORRO! ¡HAGA ALGOOO!
¡YA VOY, JEFE, YA VOOOOY!
EL BACTERIO ESE HA DICHO QUE VOLVIENDO A LANZAR EL RAYO, SE RECUPERA EL VOLUMEN NORMAL... ¡VAMOS A VER!
CLIC
¡AH!
¡AAAAAAAH!
¡AY! ¡AY! ¡AAAY!
VAMOS, VAMOS, JEFE, NO SE QUEJE...
10·B

A FIN DE CUENTAS, HA CAÍDO EN LA CALLE DE LA COLCHONETA. ¡SI LLEGA A CAER EN LA CALLE DEL GUIJA-RRO...!
¡HALA, SALGA! AHORA QUE NO HACE AIRE, VOLVEREMOS A PROBAR...
¡NO!
CLIC
¡VAYA, HOMBRE! MIRA QUE PASAR UN COCHE Y ARMAR ESA VENTOLERA...
¡SOCO-RROOO!
¡AHÍ VA, QUÉ MUÑECO DE PAPEL MÁS GORDO!
LE PONDRE UN ALFILER Y SE LO ENGANCHARÉ AL PRIMERO QUE PASE. ¡JO, JO!
¡AAAAH! ¡GAM-BERROOO!
11-A
¡UN PAPELOTE QUE CHI-LLA! ¡Y QUE INSULTA!
¡AAARGLGL!
¿UN PAPELOTE...? ¡EL JEFE! ¡VOY A POR ÉL!
¡HOMBRE, QUÉ TROZO DE PAPEL MÁS MAJO!
ME SERVIRÁ DE BUFAN-DA. ¡CON EL FRESQUILLO QUE HACE...!
¡RAYOS, EL TIPO ESE SE HA PUESTO AL JEFE POR CORBATA!
¡QUÉ MAL GUSTO! NO SABE QUE AHORA SE LLEVAN A RAYAS...
CLIC
¡UAAAAGH!
¡OIGA! ¿PERO, QUÉ SE HA CREÍ-DO? ¡SI QUIERE QUE LO LLEVEN, SUBA A UN TAXI!
CUANDO SE ES POBRE, TO-DOS SE CREEN CON DERECHO A SUBÍRSETE A CABA-LLO. ¡PUES SÍ!
TRANQUILO, JEFE... ¡ENSE-GUIDA LE DESEN-REDO!
¡AY! ¡AY!
HALA, PROBARE-MOS OTRA VEZ, A VER SI...
¡NO! ¡NOOO!
CLIC
11-B

¡VAYA, OTRO PAPELOTE POR EL SUELO! ¡TAMBIÉN PODRÍAN USAR LAS PAPELERAS!
¡OIGA! ¿POR QUÉ NO BARRE USTED A SU CASERO?
¡GLGLGL...!
¡ANÍMESE, HOMBRE, ANÍMESE!
¿DÓNDE HE DEJADO YO EL ANUNCIO QUE HE DE PEGAR...? ¡AH, YA LO VEO!
¡OTRO LISTO! ¡A SEGUIR!
¡JEFE! ¿DÓNDE SE HA METIDOOO?
¡AQUÍ! ¡AY!
¡JEFE!
¡DESPÉGUEME DE AQUÍ!
¡AY!
12-A
DESDE LUEGO, ESTA USTED HACIENDO BASTANTE MAL PAPEL, ¿EH?
¡OTRA BROMITA COMO ESA Y LE ESTRANGULO! ¡GRRR!
MIRE, AHÍ ESTÁ EL "CLUB DEL ESPÍA"...
ME COLARÉ POR EL RESQUICIO DE LA PUERTA, A VER QUÉ PASA.
¡QUÉ DURA ESTÁ LA PINTURA! SI NO FUERA POR EL SOPLETE...
¡YA ESTOY DEN...! ¡AH! ¡AAAAH!
¿QUÉ PASA, JEFE?
¡UAAAAH!
¡JEFE!
¡TOME INVENTO! ¡TOME!
¡NO ME DEJEN! ¡QUE ME PILLA EL ANTICICLÓN DE LAS AZORES! ¡SOCORROOO!
YA ESTÁN DE VUELTA ESOS CHICOS... ¿QUÉ? ¿LES HA IDO BIEN EL INVENTO?
¿PERO QUÉ VAN A HACER? ¿QUÉ...?
¡NO!
CLIC
12 B

¡ATENCIÓN, AGENTE BESTIÁJEZ! ¡HABLA EL SUPERINTENDENTE!
¡VAYA A BUSCAR A LOS AGENTES MORTADELO Y FILEMÓN Y TRÁIGALOS AQUÍ INMEDIATAMENTE!
¡EN CASO DE QUE SE NEGARAN, UTILICE EL MÉTODO DE PERSUASIÓN NÚMERO SIETE!
¡O.K., SÚPER! ¡CAMBIO Y CORTO!
¡CLOC!
¡BRRR!
¡POR LO MENOS, CUANDO USES MI TELÉFONO SECRETO, PODÍAS SOLTARLO CON CUIDADO!
EL NÚMERO SIETE...
METODOS DE PERSUASION
5
6
7
8
¡AJA, ÉSTE ES! ¡EN MARCHA!
7
13-A
¡AQUÍ LOS TRAIGO, SEÑOR SÚPER! ¡NO HA HECHO FALTA QUE UTILICE EL MÉTODO DE PERSUASIÓN NI NADA!
¡HOMBRE, ASÍ ME GUSTA; QUE SE VAYAN VOLVIENDO OBEDIENTES! ¡VENGA ESA MANO!
SÍ, SEÑOR.
¡UAAAAAAAH!
¡GRRR...!
DEBÍ SUPONERLO... ¡SON ROBOTS, ALIMENTADOS CON BATERÍAS DE DIEZ MIL VOLTIOS!
¡JA, JA, JA! ¡QUÉ BUENA IDEA TUVIMOS, DEJANDO DOS ROBOTS EN NUESTRO PUESTO! ¿EH?
SÍ. ¡JO, JO! ¡CAMAREROOO, YA PUEDE SERVIR LA SOPA!
¡AL MOMENTO, SEÑORES!
¿DÓNDE HE VISTO YO ESA CARA...?
¡CLAC! ¡CLOC!
¡BUEN TRABAJO, AGENTE MEDIOMÉTREZ!
13-B

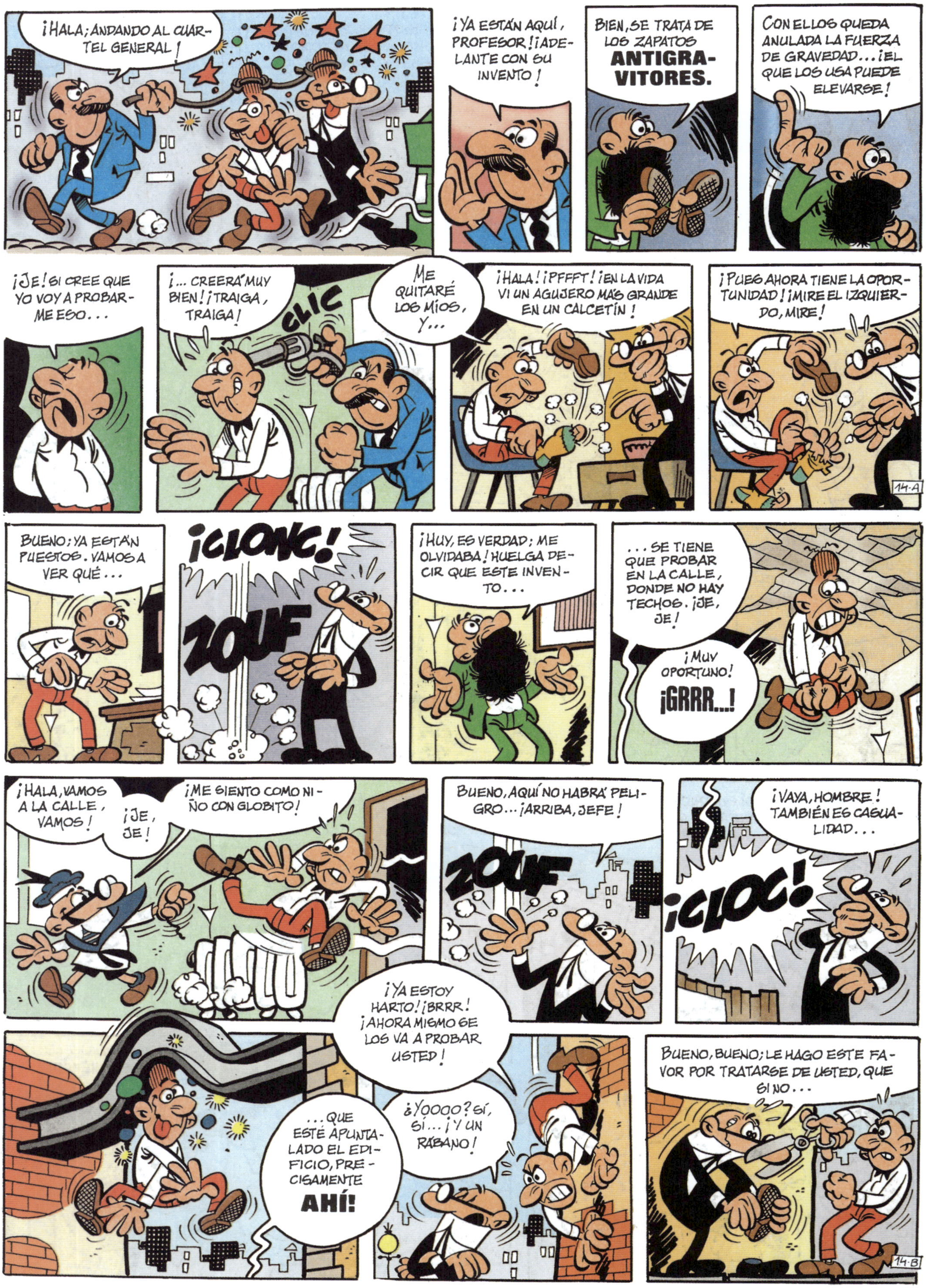
¡HALA; ANDANDO AL CUARTEL GENERAL!
¡YA ESTÁN AQUÍ, PROFESOR! ¡ADELANTE CON SU INVENTO!
BIEN, SE TRATA DE LOS ZAPATOS ANTIGRAVITORES.
CON ELLOS QUEDA ANULADA LA FUERZA DE GRAVEDAD... ¡EL QUE LOS USA PUEDE ELEVARSE!
¡JE! SI CREE QUE YO VOY A PROBARME ESO...
¡... CREERÁ MUY BIEN! ¡TRAIGA, TRAIGA!
CLIC
ME QUITARÉ LOS MÍOS, Y...
¡HALA! ¡PFFFT! ¡EN LA VIDA VI UN AGUJERO MÁS GRANDE EN UN CALCETÍN!
¡PUES AHORA TIENE LA OPORTUNIDAD! ¡MIRE EL IZQUIERDO, MIRE!
14-A
BUENO; YA ESTÁN PUESTOS. VAMOS A VER QUÉ...
¡CLONC!
ZOUF
¡HUY, ES VERDAD; ME OLVIDABA! HUELGA DECIR QUE ESTE INVENTO...
... SE TIENE QUE PROBAR EN LA CALLE, DONDE NO HAY TECHOS. ¡JE, JE!
¡MUY OPORTUNO!
¡GRRR...!
¡HALA, VAMOS A LA CALLE, VAMOS!
¡JE, JE!
¡ME SIENTO COMO NIÑO CON GLOBITO!
BUENO, AQUÍ NO HABRÁ PELIGRO... ¡ARRIBA, JEFE!
ZOUF
¡VAYA, HOMBRE! TAMBIÉN ES CASUALIDAD...
¡CLOC!
... QUE ESTÉ APUNTALADO EL EDIFICIO, PRECISAMENTE AHÍ!
¡YA ESTOY HARTO! ¡BRRR! ¡AHORA MISMO SE LOS VA A PROBAR USTED!
¿YOOOO? SÍ, SÍ... ¡Y UN RÁBANO!
BUENO, BUENO; LE HAGO ESTE FAVOR POR TRATARSE DE USTED, QUE SI NO...
14-B

¡AY! ¡QUE ME ELEVO!
¡SUELTE!
¡QUE SUBO! ¡QUE SUBOOOO!
¡LE DIGO QUE ME SUELTE! ¡YO QUIERO BAJAAAR...!
BUENO, BUENO; COMO QUIERA...
AAAAAH!
ALLÍ HE DEJADO PREPARADOS EL DETONADOR Y LA CARGA, PARA VOLAR ESE EDIFICIO VIEJO, PATRÓN.
¡ZHAC!
15-A
PERO, JEFE... ¿OTRA VEZ SUBE? ¿NO QUERÍA BAJAR?
¡GRMBLLL...!
¡VAMOS, JEFE, NO SE AGARRE ASÍ! ¡QUE ESTO NO ES UN TRANVÍAAA!
¡RAYOS; VAMOS PARA ABAJO, DISPARADOS!
¡HABRÁ QUE ALIGERAR PESO!
TIRARÉ MIS ZAPATOS, A VER...
¡PUES SEGUIMOS CAYENDO!
¡AGUARDE, QUE TIRARÉ YO LOS MÍOS!
¡NO!
¿QUÉ HA HECHO? ¡PEDAZO DE BURROOO?
¡CLARO! SI USTED LOS TIRA, ES NORMAL, PERO SI LOS TIRO YO, SOY BURRO, ¿NO?
¡GRRR...!
¡SUS ZAPATOS ERAN LOS QUE NOS MANTENÍAN EN EL AIRE!
¡HUY, ES VERDAD! ¡ESO SE RECUERDA ANTES, JEFE!
15-B

¡MIRE, HAN CAÍDO AQUÍ MISMO! VOLVEREMOS A PROBARLOS.
¡VOLVERÁ A PROBARLOS USTED!
¡BUENO, BUENO, ESTÁ BIEN! VAMOS A VER; UNO EN EL PIE DERECHO.
...Y EL OTRO EN EL PIE IZQUIERDO. ¡YA ESTÁ!
¡YA ESTÁ "PIFIADA" OTRA VEZ! ¡EL PIE IZQUIERDO ERA EL MÍO, SO MELÓN!
¡ZOUF!
¡ANDA, ES VERDAD! ¡COMO TIENE CINCO DEDOS IGUAL QUE EL MÍO, ME HABRÉ CONFUNDIDO!
JEFE... ¿HAY ALGÚN PÁJARO QUE VUELE SIN MOVER LAS ALAS Y ECHANDO HUMO?
¿EH? ¡CLARO QUE NO!
16-A
¡PUES ENTONCES, ESO QUE SE NOS VIENE ENCIMA, ES UN REACTOR!
¡CROCH!
¡AY!
¿A QUÉ ALTURA DEBÍAMOS ESTAR, JEFE?
NO SÉ... CALCULE; MEDIA HORA CAYENDO A RAZÓN DE CIEN METROS POR SEGUNDO...
BLAM BLAM BLAM BLAM BLAM
¡HOMBRE! ¿YA ESTÁN DE VUELTA? QUÉ... ¿FUNCIONA BIEN EL INVENTO, FUNCIONA BIEN?
¡DE MARAVILLA! ¡COMPRUÉBELO USTED MISMO!
¡Y NO GOLPEE TAN FUERTE, QUE ESTÁ DOBLANDO LOS CLAVOS!
¡AY! ¡SÁQUENME DE AQUÍ! ¡SOCORROOO!
CHOF CHOF CHOF CHOF CHOF
16-B

¡JEFE, LLEGA LA PALOMA MENSAJERA DEL CUARTEL GENERAL!
¡QUE PASE!
DICE EL "SÚPER" QUE VAYAN INMEDIATAMENTE
¡GRRR...!
¡TAMBIEN LE PODÍAN DAR EL MENSAJE ESCRITO EN UN PAPELITO!
¡PUES NOS HA FASTIDIADO, LA MENSAJERA ESA!
17-A
AQUÍ ESTAMOS, SEÑOR "SÚPER".
QUÉ... ¿OTRO INVENTITO?
¡EXACTO! ¿CÓMO LO SABEN?
¡ESTA VEZ SE TRATA DEL SUERO
ZOUF 47-F!
¡EL QUE LO TOMA, ADQUIERE LA LIGEREZA DE LA ARDILLA, LA VELOCIDAD DEL GALGO, LA RAPIDEZ DE LA GACELA, LA...!
TOTAL, QUE SE CONVIERTE EN UN ZOOLÓGICO AMBULANTE.
¡PUES ESTÁN FRESCOS SI CREEN QUE VAMOS A PROBAR ESO!
BUENO, PUEDEN ELEGIR ENTRE PROBAR ESE INVENTO DEL PROFESOR BACTERIO, O ESTE OTRO INVENTO MÍO...
¡BUENO, BUENO; PROBAREMOS EL DEL PROFESOR BACTERIO! ¡JE, JE!
NO ES POR DESPRECIAR, ¿SABE?
BIEN, ¿QUIÉN EMPIEZA? ¿USTED O YO?
OIGA... ¿Y SI ANTES PROBÁRAMOS CON EL GATO, POR SI ACASO?
17-B

¡BUENA IDEA! ¡A BEBER, MICHINO!
¡TE PODÍAS METER LAS IDEAS EN LAS NARICES!
¡GLU, GLU!
¡PFFFFUUMMMMMIAUUUUUUUU!
ZOUFF
¡ÚLTIMAS NOTICIAS! ¡COMUNICAN DE LA BASE "J" EN LA ANTÁRTIDA, QUE UN GATO NEGRO ACABA DE CRUZAR EL CASQUETE POLAR A VELOCIDAD DE VÉRTIGO Y BLA... BLA... BLA...!
PUES PARECE QUE DA RESULTADO, ¿EH, JEFE?
SÍ... ¡VOY A PROBARLO!
¡GLU, GLU!
¡AAJJUFFF!
18-A
¡CRAC!
PERO, JEFE... ¡ABRA LAS PUERTAAAAS!
¡NO ME DA TIEMPOOO!
¡AY! ¡AY! ¡AYYY...!
¡CRAC! ¡CRAC! ¡CRAC!
¡PTOF!
VOY A SALIR A DAR UN PASEO...
¡BLAM!
¡BLAM!
18-B

¡BLAM!
¡BLAM!
¡JUA, JUA!
¡YO ABRO Y ELLA SE CIERRA!
¡JUA, JUA!
¡Y SE CIERRA! ¡Y SE CIERRA!
¡Y SE CIERRAAA...!
YA LO PROBARÉ YO, JEFE. AQUÍ EN LA CALLE, QUE NO HAY PUERTAS...
¡GLU, GLU!
19-A
¡AAARGLGL...!
ZOUF
MENUDA MOTO... ¡ALCANZA LOS TRESCIENTOS COMO NADA!
HIPÓDROMO
ZOUF
¡YA SE ACERCAN A LA META! ¡EN PRIMERA POSICIÓN, "ABDERRAMÁN NOVENO", SEGUIDO A MEDIA CABEZA POR "CABEZÓN QUINTO" Y...!
¡TÚ SIEMPRE LA ÚLTIMA! ¿NO TE DA VERGÜENZA? ¡NOS HAN SACADO SETENTA Y DOS CUERPOS DE VENTAJA!
BOF!
19-B

¡RAYOS!
¿PERO QUÉ... QUÉ...?
¡ALGO INAUDITO, SEÑORES! ¡LA POTRANCA "REUMÁTICA", QUE IBA EN ÚLTIMO LUGAR, COMO SIEMPRE, SE EMBALA... SE ACERCA AL PELOTÓN... LO ALCANZA... **LO REBASA... ¡VA EN SOLITARIO A LA META...!**
¡EH, CON MOTOR NO VALEEEE!
¡QUÉ BESTIA!
¡SIN EMPUJAAAR!
20-A
... CRUZA LA META CON TRESCIENTOS CUERPOS DE VENTAJA... Y NO PARA... NO PARA... SE DIRIGE FLECHADA HACIA LA TRIBUNA PRESIDENCIAL... Y NO PARA... **¡NO PARAAA...!**
PARECE QUE YA PARÓ... AHORA, LOS QUE NO PARAN SON EL PRESIDENTE, LOS MIEMBROS DEL JURADO Y LOS PERIODISTAS, QUE SE ELEVAN, SE ELEVAN...
¡HOMBRE! ¿YA DE VUELTA? PRECISAMENTE IBA A LLENAR VARIOS FRASQUITOS MÁS CON EL SUERO...
ZOUF 47-X
PERO... ¿QUÉ LE HA PASADO? ¿VA DISFRAZADO DE MOMIA O ES QUE...?
¡NO! ¡TODA LA BOMBONA NOOOO!
¡GLU, GLU, GLU!
¡HOMBRE, MORTADELO; YO CREO QUE SE EXCEDIÓ...!
¡NO PUDE CONTENERME, JEFE! **¡NO PUDE!**
¡ASTRONAVE A BASE! ¡MENOS PITORREO! ¡LES DIGO QUE ACABA DE ADELANTARNOS **UN TÍO CON BARBA!**
20-B

¡RAYOS, OTRA VEZ VIENE A BUSCARNOS EL AGENTE BESTIÁJEZ!
¡QUERRÁ LLEVARNOS AL CUARTEL GENERAL, PARA QUE PROBEMOS OTRO DE LOS INVENTOS DEL PROFESOR BACTERIO!
¡BAH, TRAQUILO, JEFE! ¡ESTA VEZ LO TENGO TODO PREVISTO!
EN CUANTO PISE LA TRAMPILLA, ESTA CEDERÁ...
¡... Y ABAJO ESTÁ ESPERANDO EL DEPREDADOR DE LA JUNGLA, EL ANIQUILADOR DE LA SABANA, EL DEVORADOR DE HOMBRES...!
¡GRRR!
¡"ROGELIO" EL TERRIBLE!
YA ESTÁ AHÍ...
¡JE! ¡QUE NO LE PASE NADA!
21-A
VENGO A BUSCARLES, DE PARTE DE...
¿EH?
¡GRRRÑACK!
¡ES EL CHASQUIDO DE LOS COLMILLOS DE "ROGELIO"!
¡JE! NO ERA MAL CHICO ESE BESTIÁJEZ...
A VER SI ARREGLAN ESTO, ¿EH? ¡AQUÍ HAY UNA BALDOSA QUE SE MUEVE!
Y AL CAER, NO SÉ DÓNDE HE METIDO EL PIE, QUE CRUJÍA...
¡"ROGELIO", HIJO! ¿QUÉ TE HA PASADO?
¡NO HAY DERECHO! DARME A MÍ UNA PATADA SEMEJANTE... ¡NO HAY DERECHO!
BUENO, DICE EL "SÚPER" QUE ME ACOMPAÑEN AL CUARTEL GENERAL.
¡YA! ¿Y QUÉ PASARÍA SI NOS NEGÁ...
... RA... MOS...?
¡HUY, QUÉ TORPE! MIRA QUE ARRUGAR ESTA PUERTECITA...
¡CRONCH!
21-B

EN FIN, ¿QUÉ DECÍA, QUÉ...?
¡NADA, NADA, QUE YA LE ACOMPAÑAMOS!
BIEN, VAMOS ALLÁ...
¡VAYA, OTRA VEZ LA BALDOSA!
¡TCHOF!
DEBE HABER UNA COLCHONETA ABAJO, POR QUE HE CAÍDO EN BLANDO...
¡NO HAY DERECHO! TRAERME A MÍ AQUÍ... ¡CON LO TRANQUILO QUE ESTABA YO, LUCHANDO CONTRA LOS ELEFANTES!
AQUÍ LOS TIENE, SEÑOR "SÚPER".
¡PERO LE ADVIERTO QUE NO PENSAMOS PROBAR NINGÚN INVENTO MÁS!
¿HA OÍDO, BESTIAJEZ? NO QUIEREN PROBAR MÁS INVENTOS...
22·A
BUENO, ENTONCES LES DEJAREMOS CAER, ¿NO?
¡ESTÁ BIEN! ¡PROBAREMOS! ¡PROBAREMOOOS!
SE TRATA DE ESTAS PASTILLAS DE "HERCULESMICINA". ¡AL TOMARLAS, SE ADQUIERE LA FUERZA DE SESENTA ELEFANTES Y...!
BUENO, BUENO, MENOS EXPLICACIONES...
TOTAL, DE ALGO HAY QUE MORIR.
¡LISTOS! YA RECIBIRÁ UN INFORME SOBRE LOS RESULTADOS.
O UNA ESQUELA DE DEFUNCIÓN.
¡HOMBRE, ESE QUE ESTÁ AHÍ ES PEPE!
¿QUÉ TAL, PEPE? ¿QUÉ ES DE TU VI...?
¡PAF!
¡PE... PEPE!
¡GLOK TOKOKO BESTIOK!
¿Y A MÍ QUÉ ME CUENTA? ¡YO NO ENTIENDO NADA!
22·B

¿SE HA DADO CUENTA? ¡SOY UN FORZUDO! ¡SOY SUPER-MORTADELO!
OIGAN, PERDONEN... ¿QUERRÍAN DARME UN EMPUJONCITO? ES QUE ESTE TRASTO NO QUIERE ARRANCAR Y TENGO QUE IR A SABADELL...
¡NO FALTABA MÁS!
¿ASÍ ES SUFICIEN...?
¡RAYOS!
¡TRONCH!
¡YO SÓLO QUERÍA IR A SABADELL!
¡SOLO A SABADEEELL!
HA... HABRÁ QUE CONTROLAR NUESTRA FUERZA... ¡SOMOS DE MIEDO!
¡DE ESPANTO!
23-A
¿QUIEREN AYUDAR A LEVANTARSE AL POBRE ABUELETE...?
¡ENSEGUIDA!
¡CON CUIDADO! ¡EH, MORTADELO? ¡MUY DESPACITO!
¡RAYOS!
¡OTRA VEZ SE NOS FUE LA MANO!
¡AAAAAH!
CLANG
¡TRAS!
¡CLING!
¡GAMBERROS! ¡SALVAJES!
¡GUARDIIAAS...!
ANTIGÜEDADE
¡TRIIIIIIIIIT!
¡CORRA, JEFE! ¡QUE NOS SIGUE UN VIRTUOSO DEL SILBATO!
HAY QUE DARLE ESQUINAZO... ¡AYÚDEME A SALTAR ESTA VALLA!
SÍ, JEFE.
¡AAARRIBA!
¡PEDAZO DE BRUTOOO...! ¡YA VERÁ CUANDO BAJE!
23-B

¡TRIIIIIIIT!
¡VUELVE EL GUARDIA!
¡AH, UN EDIFICIO EN CONSTRUCCIÓN! ¡ME ESCONDERÉ ENTRE EL ANDAMIAJE!
EDIFICIO EN CONSTRUCCIÓN PARA BANCO, CLARO
¡RAYOS, UNA AVISPA! ¡SI ME PICA Y CHILLO, ESTOY PERDIDO!
¡LÁRGATE DE AQUÍ, INOPORTUNA!
¡HORROR! ¡NO!
¡NO!
24A
¡NOOO!
¡BRRROAUMMMM!
¡CATÁSTROFE URBANA!
AYER TARDE Y EN MEDIO DE UN ESTREPITO INFERNAL, SE VINO ABAJO EL RASCACIELOS EN CONSTRUCCIÓN DE LA CALLE DE LA SANDALIA. SE CREE QUE EL DERRUMBAMIENTO FUE PROVOCADO POR UNA MANO SALVAJE, VIL Y LLENA DE DEDOS. SE BUSCA AL PÉRFIDO RESPONSABLE DE BLA...BLA...
TAMBIÉN SE BUSCA AL FAMOSO BIÓLOGO PROFESOR BACTERIO, DESAPARECIDO DE SU DOMICILIO EN MISTERIOSAS CIRCUNSTANCIAS Y BLI...BLA... BLO...
¡DÉLE, MORTADELO, QUE ES SUYO!
¡BASTA! ¡BASTA! ¡AAAAY!
¡PTAF!
¡ATENTO, JEFE, QUE SE LO DEVUELVO!
ATOLÓN DE LA VACA
24B

¡MORTADELO, ME HE ENTERADO DE QUE EL "SÚPER" NOS ANDA BUSCANDO, PARA QUE PROBEMOS OTRO INVENTO...!
¡BLAM!
¡ASÍ QUE HAY QUE CERRARLO TODO BIEN, ANTES DE QUE VENGA EL AGENTE BESTIÁJEZ A POR NOSOTROS!
QUÉ VA, JEFE; NO VENDRÁ...
¡YA LO CREO QUE VENDRÁ!
¡HAY QUE ASEGURAR LA PUERTA!
NO, NO VENDRÁ...
ROC ROOOC
¡QUE SÍ, HOMBRE! ¡SI LO SABRÉ YO!
¡REEEEEEECK!
¡HAY QUE EVITAR QUE ENTRE!
LE DIGO QUE NO VENDRÁ...
25-A
¡NO SEA PELMAZO! ¡ANTES DE CINCO MINUTOS, LE TENEMOS AQUÍ!
PAM PAM
¡BUENO, YA ESTÁ TODO BIEN CERRADO! AHORA, AUNQUE VENGA...
¡QUE NO VENDRÁ, HOMBRE!
¡BRRR!
¿PERO, QUIERE DECIRME POR QUÉ ESTÁ TAN SEGURO DE QUE NO VENDRÁ?
HOMBRE, JEFE...
¡PORQUE YA HA VENIDO
¡HALA, A HACER EL EQUIPAJE...
¡BLOF!
...Y ANDANDO, AL CUARTEL GENERAL!
MIRA QUE NO ADVERTIRME... ¡PERCEBE! ¡POLLINO!
¡VAMOS, JEFE; CIERRE LA BOCA, QUE SE ME CUELA DENTRO LA NARIZ!
AQUÍ LES TIENE, SEÑOR "SÚPER".
¡AAAAAAY!
¡CHAF!
¡PERO NO SEA TAN BRUTO, HOMBRE!
25-B

¡CASI ME ESTROPEA ESE "SOUVENIR" QUE HE COMPRADO, DE LA GUERRA DEL CATORCE!
HALA, SALGAN. ¡TENEMOS A PUNTO UN NUEVO INVENTO PARA PROBAR!
SE TRATA DE LA BOINA ELECTRÓNICA, DE ATAQUE Y DEFENSA.
¡APUNTANDO CON EL RABITO HACIA CUALQUIER ENEMIGO, LE SUELTA UNA DESCARGA ELÉCTRICA QUE LO DEJA FRITO!
¡VENGA, PÓNGANSELAS Y VAYAN POR AHÍ EN BUSCA DE ENEMIGOS, PARA PROBARLAS!
LO QUE FALTABA ¡VAMOS A PARECER DOS PALETOS!
¡BRRR! A MÍ, ESTAS COSAS, ES QUE ME QUEMAN LA SANG...
25-A
¡UAAAAGH!
HOMBRE, CLARO... ¡SE LA HA PUESTO DEL REVÉS, CON EL RABITO HACIA DENTRO!
¡BUENO, BUENO; NO HABÍA PARA PONERSE ASÍ! ¡A FIN DE CUENTAS, LA EQUIVOCACIÓN HA SIDO SUYA!
PUES YO CREO QUE NO ESTAMOS TAN FEOS, JEFE... LA BOINA, BIEN LLEVADA, DA UN CIERTO AIRE INTELECTUAL, Y...
¡EH! ¡MIRAD!
¡LOS TONTOS DEL PUEBLO YA S'HAN ESCAPAU, RIAU, RIAU!
¡JOOOO, JO, JO, JO!
¡HUY, SE ME CAYÓ UN BOTÓN DE LA LEVITA!
¡BRRR! YA EMPIEZO A ESTAR FRITO...
¡UAAAGH!
HOMBRE, JEFE... NO ME MIRE ASÍ... YO NO ME DI CUENTA... LA FALTA DE COSTUMBRE...
26-B

¡SOCORRO!
¡YA TERMINO! UN BROCHAZO MÁS Y ME BAJO...
¡ME PARECE QUE CON ESTAS BOINAS...
¡OUAGLGLGL!
...NOS VA A CAER EL GORDO!
¡PLOF!
27·A
¡MADRE MÍA, QUÉ CALAMBRAZO! ¡QUÉ CALAMBRAZO!
¡ÁNIMO, JEFE, ÁNIMO, QUE NO HA SIDO NADA!
¡YA ESTOY HARTO DE ESTA DICHOSA BOINA!
¡A LA PORRA CON ELLA!
¡UAAARGH!
¡PLAF!
¡AHÍ VA, QUÉ TORTAZO LE HAN DADO AL JEFE!
MENUDO GENIO TIENEN ESOS POCEROS, ¿EH, JEFE?
¡AY!
¡DE... DESHÁGASE DE LA BOINA, AHORA QUE TODAVÍA ESTÁ VIVO!
¡COMO LAS BALAS! ME PONGO EL DISFRAZ DE DISCOBOLO Y...
¡AUMPF!
¡AING!
27·B

¡CAMINA YA, ZOPENCO REUMÁTICO, QUE VAS MÁS DESPACIO QUE UNA TORTUGA VIEJA!
¡IIIAAAAAAH!
¡QUÉ ADELANTOS! ¡UN BURRO A REACCIÓN!
¡PARA! ¡PARAAA!
CLOPCOTOCLOPCOTOCLOPCOTOCLOPTOCLOP...!
28-A
¡EH, OIGA! ¡QUE AQUÍ SÓLO ADMITIMOS LOS CABALLOS-VAPOR! ¡DE BURROS, NADAAAA!
ZOUF
PARKING
¡PARE A ESA BESTIA! ¡QUE ESTÁ COCEANDO TODOS LOS COCHEEES!
¡QUIETO, MACHO! ¡SOOOO!
¡CLANG!
¡CLONC!
¡CATLANG!
SÍ, A MÍ ME GUSTA DEJAR EL COCHE EN ESTE "PARKING", PORQUE PARA SALIR, VIENE UN EMPLEADO Y TE LO SACA...
¡CRONCH!
PUES, HIJO, QUÉ QUIERES QUE TE DIGA... ¡YO PREFIERO LOS OTROS, DONDE TE LO SACAS TÚ MISMO!
SUCESO BURRO
UN VEHÍCULO DE UN BURRO DE POTENCIA, ENTRA EN UN "PARKING" COMPLETO Y SE HACE SITIO A COZ LIMPIA. LOS DESTROZOS SON DE AGÁRRATE Y NO TE MENEES. SE SOSPECHA QUE EL BURRO FUE ELECTROCUTADO POR DOS TIPOS QUE ANDABAN POR AHÍ, BAJO SENDAS BOINAS. SE BUSCA AFANOSAMENTE A LOS BOINUDOS Y BLA... BLA... BLA...
¡BÁJENME DE AQUÍ! ¡BÁJENME!
¡UAAAAAH!
NO SÉ SI HEMOS HECHO BIEN...
CIERTO, JEFE... ¡YO CREO QUE ATÁNDOLE A UN CABLE DE ALTA TENSIÓN HUBIERA CIRCULADO MEJOR LA CORRIENTE!
28-B

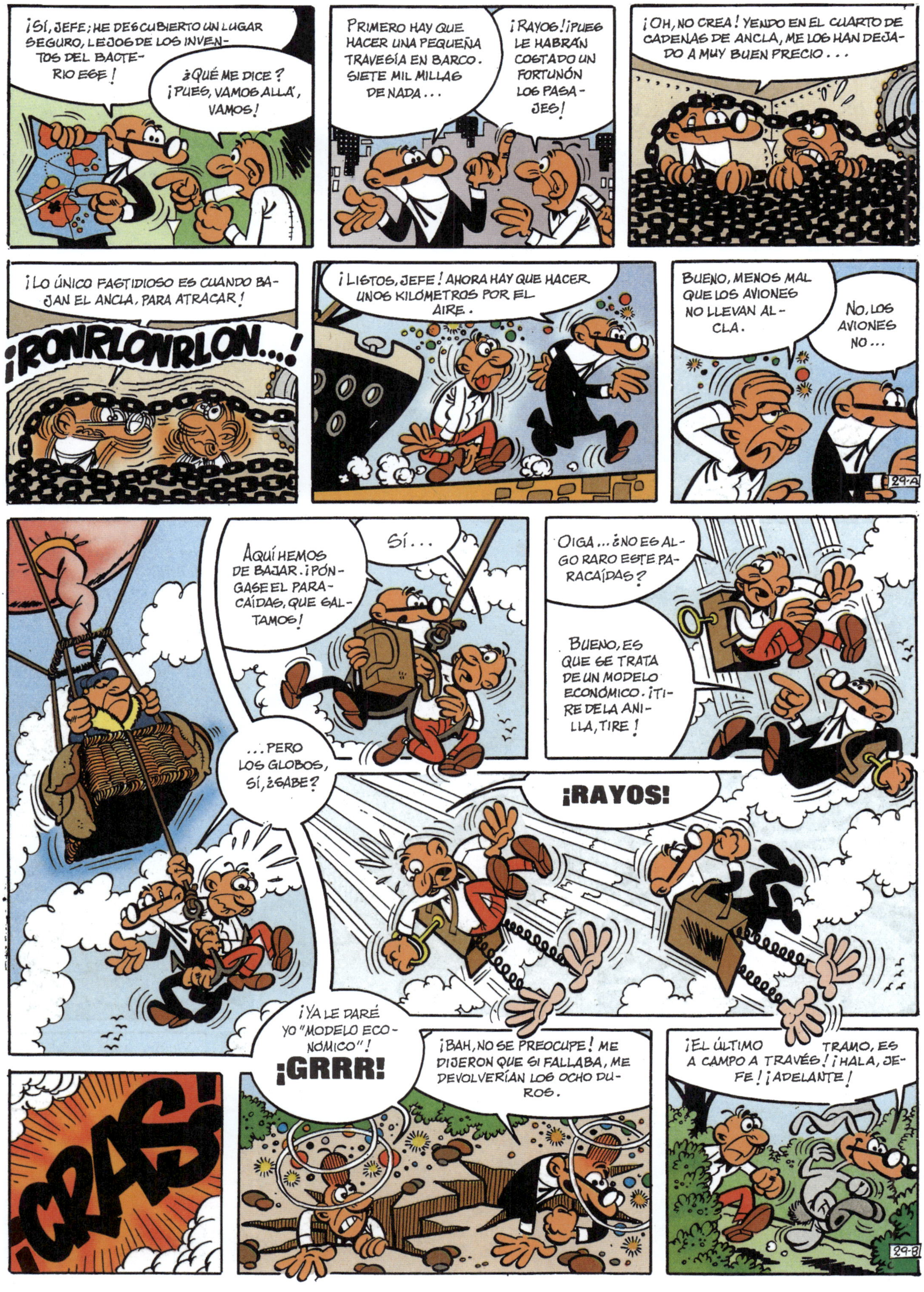
¡SÍ, JEFE; HE DESCUBIERTO UN LUGAR SEGURO, LEJOS DE LOS INVENTOS DEL BACTERIO ESE!
¿QUÉ ME DICE? ¡PUES, VAMOS ALLÁ, VAMOS!
PRIMERO HAY QUE HACER UNA PEQUEÑA TRAVESÍA EN BARCO. SIETE MIL MILLAS DE NADA...
¡RAYOS! ¡PUES LE HABRÁN COSTADO UN FORTUNÓN LOS PASAJES!
¡OH, NO CREA! YENDO EN EL CUARTO DE CADENAS DE ANCLA, ME LOS HAN DEJADO A MUY BUEN PRECIO...
¡LO ÚNICO FASTIDIOSO ES CUANDO BAJAN EL ANCLA, PARA ATRACAR!
¡RONRLONRLON...!
¡LISTOS, JEFE! AHORA HAY QUE HACER UNOS KILÓMETROS POR EL AIRE.
BUENO, MENOS MAL QUE LOS AVIONES NO LLEVAN ALCLA.
NO, LOS AVIONES NO...
29-A
...PERO LOS GLOBOS, SÍ, ¿SABE?
AQUÍ HEMOS DE BAJAR. ¡PÓNGASE EL PARACAÍDAS, QUE SALTAMOS!
SÍ...
OIGA... ¿NO ES ALGO RARO ESTE PARACAÍDAS?
BUENO, ES QUE SE TRATA DE UN MODELO ECONÓMICO. ¡TIRE DE LA ANILLA, TIRE!
¡RAYOS!
¡CRAS!
¡YA LE DARÉ YO "MODELO ECONÓMICO"!
¡GRRR!
¡BAH, NO SE PREOCUPE! ME DIJERON QUE SI FALLABA, ME DEVOLVERÍAN LOS OCHO DUROS.
¡EL ÚLTIMO TRAMO, ES A CAMPO A TRAVÉS! ¡HALA, JEFE! ¡ADELANTE!
29-B

¡OUAAAGH!
PERO, HOMBRE, JEFE...
¡AHORA NO ES EL MOMENTO DE MIRAR QUÉ NÚMERO CALZA ESE ELEFANTE!
¡LARGO DE AQUÍ, GRANDULLÓN!
¡AY! ¡GAMBERRO! ¡MI ESPINILLAAA!
30-A
¡ÁNIMO, JEFE, ÁNIMO, QUE YA FALTA POCO!
¡YA HEMOS LLEGADO! EN ESA CAVERNA ESTAREMOS SEGUROS.
¡HALA! AYÚDEME A RODAR LA ROCA DE DIEZ TONELADAS QUE CIERRA LA ENTRADA.
¡BRRRRROMMMM!
¡UAAAAAAAAH!
¿PERO, QUÉ HACE? ¡NO PONGA EL PIE DEBAJO, QUE SE VA A ESTROPEAR EL ZAPATO!
¿QUÉ SON ESOS GRITOS...? ¡AH, USTEDES!
¡CLIC!
PRECISAMENTE AHORA IBA A LLAMARLES PARA QUE PROBARAN OTRO INVENTO DEL PROFESOR BACTERIO...
¡PLAF!
¡AY!
PERO, JEFE... LE ASEGURO QUE NO COMPRENDO... NO ENTIENDO...
BUENO, VAMOS A VER... ¿QUIÉN TIENE LAS MANOS MÁS LIMPIAS?
30-B

¿QUIÉN VA A SER? ¡YO! LA ÚLTIMA VEZ QUE SE LAS LAVÓ EL JEFE, CREO QUE FUE CUANDO GENGIS KAN INVADIÓ CHINA...
PUES, HALA, PÓNGASE ESTOS GUANTES. ¡Y MUCHO OJITO CON ELLOS!
SÍ, SEÑOR "SÚPER", PERO... ¿ES QUE TIENEN ALGO EXTRAORDINARIO?
¡YA LO CREO QUE LO TIENEN! SE TRATA DE MI INVENTO... ¡LOS GUANTES-TENAZA!
¡POR UN SISTEMA ELECTRÓNICO, CUANDO AGARRAN A UN ENEMIGO SE CIERRAN CON UNA FUERZA TAN ESPANTOSA, QUE NO HAY FORMA DE QUE SE ESCAPE!
BUENO, ESTA VEZ ME TOCÓ A MÍ PROBAR EL INVENTITO Y... ¡ATCHUAAA!
¡YA LO PILLÉ, YA! AGUARDE A QUE ME SUENE, JEFE...
31-A
¡MOOOOOOOOC!
¡AY! ¡AY! ¡AAAAY!
¡RAYOS! ¿QUÉ LE PASA?
¡EL "GUADTE", JEFE! ¡AY! ¡SE ME HA "EBGADCHADO" A LA "DARIZ COD UDA FUEBZA ESPADTOSA"! ¡"AYUDEBE" A "QUITADBELOOO"!
¡AY! ¡AY! ¡AAAY!
¡VAMOS, DEJE DE CHILLAR Y ENCOJA LA NARIZ, A VER SI...!
¡FLAP!
¡YA ESTÁ!
SÍ... ¡YA ESTÁ LA NARIZ COMO UN PIMIENTO! ¡BRRR! ¡PAREZCO AQUILES TALÓN!
BUENO, BUENO: YA LOS PROBARÉ YO. ¡USTED ES DEMASIADO TORPE PARA ESTO DE LOS INVENTOS!
¡HOMBRE, FILEMÓN! ¿QUÉ ES DE TU VIDA?
¡CARAMBA! ¡PERO SI ES KID "CAÑONAZO"!
¡NO TE VEÍA DESDE QUE GANASTE EL CAMPEONATO MUNDIAL DE LOS PESADOS, CHICO! ¡VENGAN ESOS CINCO...!
¡AY! ¡AH! ¡UAAAAAH!
¡HO... HORROR! ¡EL GUANTE!
¡CRECREEECK!
31-B

¡BROMITAS A MÍ! ¡A KID "CAÑONAZO"!
¡TOMA!
¡PTAF!
¡AY! ¡QUE GOLPE! ¡AY! ¡AAAAY!
VAMOS, JEFE, ALEGRE ESA CARA... ¡HE PODIDO RECUPERAR LOS GUANTES!
¡PUES LOS AGARRA Y LOS ENVÍA A LA PORRA! ¡NO QUIERO VERLOS MÁS!
¡BUENO, BUENO!
¿SABE, JEFE? ¡SE LOS HE REGALADO A MI AMIGO CRÍSPULO, EL GRANJERO!
¡AJÁ! CON ESTOS GUANTES NO ME ENSUCIARÉ ORDEÑANDO A LA VACA...
32-A
¡MOUAAAAAAAAAA!
¿QUÉ PASA AQUÍ?
¡QUIETA "NICANORA"!
¡PTOF!
¡HOMBRE AHÍ VIENE CRÍSPULO! ¿QUÉ...? ¿TE HAN IDO BIEN LOS GUANTES?
¡TOMA GUANTES! ¡TOMA CORNADA! ¡TOMA! ¡TOMAAA!
¡HALA! ¡LE HA PARTIDO EL GARROTE EN LA CABEZA! NO SE CUÁL DE LAS DOS COSAS HA SONADO...
TOCTOCTOC ¡CROCK!
¡AY! ¡AY! ¡AAAAY!
¡CARAMBA! ¿YA DE VUELTA? PERO... ¿QUÉ ES ESE ARTEFACTO QUE TRAEN? ¿QUÉ...?
SÍ; DESMONTÉ EL GUANTE Y CONSTRUÍ ESE CACHARRO IGUAL, AUMENTANDO MIL VECES LA POTENCIA... ¡JE, JE!
¡AY!
¡SÁQUEME DE AQUÍ! ¡AY! ¡AY!
¡SOCORROOO!
¡CRRRECRECKCRECKCRECK!
32-B

¡BLAM!
¡AQUÍ ESTAMOS, SEÑOR "SÚPER"!
NOS MANDÓ LLAMAR, ¿NO?
SÍ; SE TRATA DE PROBAR OTRO INVENTO DEL PROFESOR BACTERIO...
33-A
¡VUELVAN AQUÍ! ¡VUELVAAAAN...!
¡LE DIGO QUE VUELVAN!
¡ZIU!
BLAM
¡BLOM!
¡TUUUT!
VERÁN; EL INVENTO CONSISTE EN ESTA MOTOCICLETA, PARA ASALTAR GUARIDAS ENEMIGAS...
33-B

¡AUNQUE LA PUERTA ESTÉ CERRADA, PUEDEN TREPAR CON ELLA POR LA FACHADA Y COLARSE POR CUALQUIER VENTANA!
ASÍ QUE... ¡ANDANDO! ¡VAYAN POR AHÍ A PROBARLA Y REDACTEN SU INFORME!
SÍ... ¡SE LO ENVIAREMOS CON UNA ENFERMERA, DESDE EL HOSPITAL MÁS PRÓXIMO!
¡NO SEA CENIZO, MORTADELO!
HALA, LLÉVELA USTED. ME DIJO QUE SABÍA CONDUCIR, ¿NO?
SÍ, JEFE. EN EL PUEBLO, SIEMPRE CONDUCÍA YO LOS BORREGOS HASTA EL ESTABLO...
...ASÍ QUE SUBA, SUBA. ¡TENDRÉ MUCHO GUSTO EN LLEVARLE!
PERO, HOMBRE, JEFE... ¡NO SE LO TOME ASÍ! ¡LO DIJE SIN MALA INTENCIÓN!
34-A
PUES PARECE QUE TIRA BIEN...
ALLÍ HAY UNA PARED. ¡PRUEBE A VER SI SUBE!
¡SÍ, JEFE! ¡SUBE, SUBE!
¡RAYOS, QUÉ CARACOL MÁS ESCANDALOSO!
¡PRRRROPOPOPOPRRRROPOPO
AQUÍ HAY UNA PLAQUITA CON INDICACIONES, PERO LA TREPIDACIÓN, NO ME DEJA VER LO QUE PONE...
PARARÉ EL MOTOR, PARA LEERLA...
POF POF POFFFFF
¡RAYOS, JEFE; DICE QUE...!
...QUE AL PARAR EL MOTOR, PIERDE SUS PROPIEDADES TREPADORAS.
¡GRRR!
¿NO PODÍA HABERLO LEÍDO ANTES?
HOMBRE, JEFE; YA SABE QUE YO NO SOY UN APASIONADO DE LA LECTURA...
¡CÁLME-SEEEE!
34-B

¡VENGA, HAGAMOS OTRA PRUEBA EN AQUELLA PARED!
SÍ, JEFE.
¡CÓMO SUBE! ¿EH? ¡PARECE UNA LAGARTIJA!
¡CUIDADO...!
¡LA VENTANAAAAA!
SESENTA Y DOS ACCIDENTES EN UN DÍA... ¡DA MIEDO SALIR A LA CALLE!
POPOPRRROP...
¿?¡!
35-A
¡LA PUERTA! ¡LA PUERTAAA!
SÍ, JEFE. ¿HA VISTO QUÉ HÁBIL SOY?
¡NI HE ROZADO EL MARCO!
¡CRASS!
¡AY!
¡ME REFERÍA A LA DE ENTRADA!
¡HOMBRE, HABERLO DICHO ANTES!
¡E... EL ASCENSOR! ¡ESTÁ ABIERTO EL ASCENSOR!
¿Y POR QUÉ IBA A ESTAR CERRADO? ¡HOY NO ES DOMINGO!
¡BLOM!
TCHAC
POP PORRRRR POPPOP
PRRROP POP POP POP
PRRRPOPOP POP POP POP POP
35-B

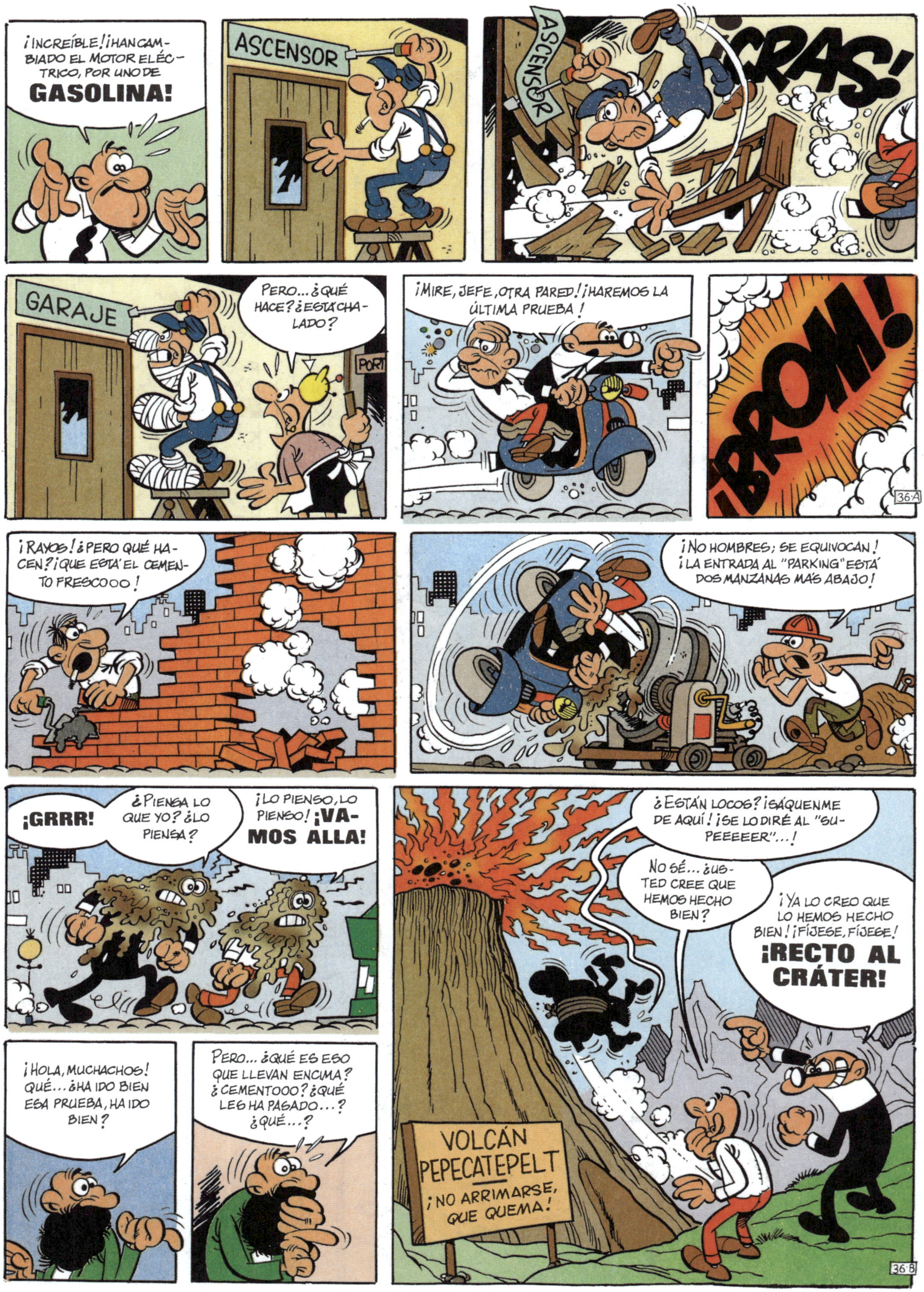
¡INCREÍBLE! ¡HAN CAMBIADO EL MOTOR ELÉCTRICO, POR UNO DE GASOLINA!
ASCENSOR
ASCENSOR
¡CRAS!
GARAJE
PERO... ¿QUÉ HACE? ¿ESTÁ CHALADO?
¡MIRE, JEFE, OTRA PARED! ¡HAREMOS LA ÚLTIMA PRUEBA!
¡BROM!
36·A
¡RAYOS! ¿PERO QUÉ HACEN? ¡QUE ESTÁ EL CEMENTO FRESCOOO!
¡NO HOMBRES; SE EQUIVOCAN! ¡LA ENTRADA AL "PARKING" ESTÁ DOS MANZANAS MÁS ABAJO!
¡GRRR!
¿PIENSA LO QUE YO? ¿LO PIENSA?
¡LO PIENSO, LO PIENSO! ¡VAMOS ALLA!
¡HOLA, MUCHACHOS! QUÉ... ¿HA IDO BIEN ESA PRUEBA, HA IDO BIEN?
PERO... ¿QUÉ ES ESO QUE LLEVAN ENCIMA? ¿CEMENTOOO? ¿QUÉ LES HA PASADO...? ¿QUÉ...?
¿ESTÁN LOCOS? ¡SÁQUENME DE AQUÍ! ¡SE LO DIRÉ AL "SUPEEEEER"...!
NO SÉ... ¿USTED CREE QUE HEMOS HECHO BIEN?
¡YA LO CREO QUE LO HEMOS HECHO BIEN! ¡FÍJESE, FÍJESE! ¡RECTO AL CRÁTER!
VOLCÁN PEPECATEPELT ¡NO ARRIMARSE, QUE QUEMA!
36·B

¡HALA, AYÚDEME, MORTADELO!
SÍ, JEFE.
¡AUMPF!
VENGA, DÉME UNA MANO.
SÍ... ¿LE VA BIEN ÉSTA, O LA PREFIERE CON MÁS DEDOS?
¡CALLE, BRUTO! ¡AAAARRIBA!
¡RAYOS! ¿HA... HA VISTO? ¡SE HAN METIDO EN EL SOL!
SÍ, DEBEN SER TINTOREROS...
DICEN QUE ULTIMAMENTE SE HAN VISTO MUCHAS MANCHAS SOLARES...
¡AQUÍ ESTAMOS, SEÑOR "SÚPER"!
¿QUERÍA VERNOS?
PUES, SÍ. ¡SÓLO ES PARA QUE PRUEBEN OTRO DE LOS INVENTOS DEL PROFESOR BACTERIO!
Y LES ADVIERTO QUE NO TRATEN DE USAR LA SALIDA DE EMERGENCIA...
¡ZIU!
...PORQUE LA HE MANDADO TAPIAR.
BAM
BOM
¡SI HAY ALGO QUE ME REVIENTE, SON LOS TIPOS PREVISORES!
¡BRRR!
BIEN, EL PROFESOR BACTERIO LES HABLARÁ DE SU INVENTO.
¡VAYA, AHÍ TENEMOS A FRANKENSTEIN!
¡JE! ¡LA PRIMERA VEZ QUE VEO A UN POLLINO CON BARBA!
SE TRATA DE ALGO REVOLUCIONARIO, ÚNICO, INCREÍBLE... ¡LA FANTASMICINA!
¡EL QUE LA TOMA PUEDE PASAR A TRAVÉS DE LAS PAREDES, DURANTE DOS HORAS, COMO LOS FANTASMAS!

¡YA! Y LUEGO, ¿QUIÉN PAGA EL ENTIE-RRO?
¡JE! ESTARÍA-MOS LOCOS SI...
RIS RIS RIS RIS
VAMOS, VAMOS, SEÑORES... NO ME IRÁN A DECIR QUE TIENEN REPAROS EN PROBAR EL IN-VENTO, ¿EH?
RIS RIS RIS
¡AJA! ¡YA SABÍA YO QUE NO ME DEFRAUDARÍAN!
¡GLUC, GLUC, GLUC!
BUENO, HALA, VAMOS A VER SI LA COSA "PITA".
POR LA PRESENTE, LEGO TODO CUANTO POSEO A...
38-A
MIRE, AHÍ TENEMOS UN MURO. ¡USTED PRI-MERO!
¡CLARO!
¡PUES DA RESULTA-DO, JEFE! ¡LO HE ATRAVESADO!
¡FAN-TÁSTICO!
¡AHORA PROBA-RÉ YO! ¿HAY AL-GO DETRÁS?
¡ABSOLU-TAMENTE NADA!
¡PUES ALLÁ VOY!
¡NO, JEFE!
¡AAAAAAAH!
¡BOUM!
PERO, HOMBRE... ¿NO LE DI-JE QUE NO HABÍA NADA? ¡NA-DA DE NADA!
¡AY! ¡AAAY!
¡LE VOY YO A DAR "NA-DA"! ¡LE VOY A DAR!
PERO, JEFE... YO YA LE AD-VERTÍ... YO...
¡SOCO-RROOO!
NADA POR TEDIO PLOMEZ SOPOR
38-B

¡HUM! HARÉ OTRA PRUEBA, A VER...
F.B.I. SUCURSAL Nº 715
...RUFO LIMA, ALIAS "EL RAF"... ¿ALGUNA SEÑA PARTICULAR?
¿SEÑA PARTICULAR?
PUES, SÍ: TIENE DOS CABEZAS.
TIENE DOS CABE...
¿DOS CABEZAS? ¿HA DICHO DOS CABEZAAAAS?
PU... PUES, SÍ... UNA ENCIMA DE LA OTRA...
¡SARGENTO PÓRREZ! ¿SABE LO QUE LES OCURRE A LOS AGENTES QUE EMPINAN EL CODO EN ACTO DE SERVICIO? ¿LO SABE?
YO... PE... PERO SI YO NO... YO...
39-A
¡LARGO DE AQUÍ! ¡REGULARÁ LA CIRCULACIÓN DURANTE DOS MESES, EN EL MATO-GROSSO!
¡PONGAMOS TIERRA POR MEDIO, MORTADELO! ¡RÁPIDO!
DEJE QUE PRUEBE AQUÍ, A VER...
¡NENE ACHIERTA LA DIANA A LA PRIMERA! ¡TÍ TEÑO!
¿PERO, QUÉ DICES, NENE? ¿QUE HA SALIDO UN SEÑOR CALVO POR LA DIANA Y TE HA DADO UNA BOFETADA?
¡UAAAAAAH!
TCHAC
¡PLAF!
¡AY!
¡TI! ¡BUAAAA!
NO HE PODIDO CONTENERME, JEFE... ¡NO HE PODIDO!
A VER SI DA RESULTADO EN ESTA PARED DE HORMIGÓN...
¡QUÉ PAISAJE! ¡QUÉ REALISMO! PARECE QUE DE UN MOMENTO A OTRO VAYA A SURGIR UN PASEANTE, Y...
39-B

¡AH! BUENAS... USTED PERDONE... HERMOSO DÍA, ¿EH?
HOMBRE, PEPE, YA SÉ QUE LA PINTURA TE EMOCIONA, PERO, HIJO... ¡NO HAY PARA TANTO!
¡AAAAH!
HABÍA UN TIPO DENTRO... NO SÉ QUÉ LE HA PASADO... HA CAÍDO COMO UN PLOMO Y...
¡VOSOTROS SÍ QUE HABÉIS CAÍDO! ¡JA, JA! ¡AL FIN SOIS MÍOS!
¡RAYOS, JEREMÍAS EL "DIPLODOCUS"!
¡CORRAMOS, JEFE!
CHIN CHIN CHIN CHIN CHIN CHIN
¡AHÍ HAY UN MURO! ¡LO ATRAVESAREMOS Y LE DEJAREMOS CON UN PALMO DE NARICES!
¡ESO ES! ¡ADELÁNTESEEE!
OIGA, JEFE... ¿NO DIJO EL PROFESOR BACTERIO QUE LOS EFECTOS DEL BREBAJE DURABAN DOS HORAS?
SÍ... ¿POR QUÉ?
¡CRACK! ¡CROCK!
PORQUE HACE DOS HORAS Y UN MINUTO QUE NOS LO TOMAMOS...
¡AY! ¡AY!
¡MÍOS! ¡MÍOS PARA SIEMPREEE!
¡PAF! BOM ¡ZAS!
¡RÁPIDO! ¿HAY ALGÚN MÉDICO ENTRE LOS LECTORES?
¡CARAMBA! ¿YA DE VUELTA? PERO... ¿CÓMO VAN VESTIDOS? ¿ES LA MODA...?
¿SE FIJA, JEFE? A ÉL NO LE HACE EFECTO LA "FANTASMICINA"... ¡NO ATRAVIESA EL MURO!
¡AY! ¡BASTA! ¡SABEN PERFECTAMENTE QUE LO QUE ME HAN HECHO TOMAR, ERA GASEOSA! ¡AY! ¡AAAY!
¿HA OÍDO, MORTADELO? ¡ERA GASEOSA! ¡QUÉ TREMENDO ERROR!
BOM BOM BOM BOM BOM

¡AH! ESTE VEGUERO QUE ME REGALÓ MI TÍO CECILIO, TIRA MEJOR QUE BUFFALO BILL...
¡JEFE! ¡JEFE! ¡VIENE A BUSCARNOS EL AGENTE BESTIÁJEZ!
¡GNOUF!
¡QUERRÁ LLEVARNOS A QUE PROBEMOS OTRO DE LOS INVENTOS DEL MALDITO BACTERIO!
¡HAY QUE HUIR DE AQUÍ COMO SEA!
TAP TAP TAP TAP
NO HARÁ FALTA, JEFE... ¡CONECTARÉ EL SISTEMA ELECTRÓNICO DE DEFENSA!
EN CUANTO INTENTE ABRIR LA PUERTA, SALDRÁN A RECIBIRLE DIEZ MIL VOLTIOS, EN FILA INDIA. ¡JE, JE!
41-A
¡HOLA! VENÍA A BUSCARLES, DE PARTE DEL SUPERINTENDENTE...
POR CIERTO, QUE HE TENIDO QUE SUBIR A PIE, SE VE QUE ACABAN DE CORTAR LA CORRIENTE Y NO VA EL ASCENSOR.
¡VAYA, VAYA! ASÍ QUE VIENE A BUSCARNOS, ¿EH?
BUENO, PUES NADA, NOS LAVAREMOS UN POCO LA CARA Y...
CLOP
¡SÁQUENME ESTO DE LA CABEZA! ¡SÁQUENMELOOO!
¡JE, JE! ¡EL TRUCO DEL CUBO NUNCA FALLA!
¡RÁPIDO, HUYAMOS!
¡OUAAAAAAAH!
41-B

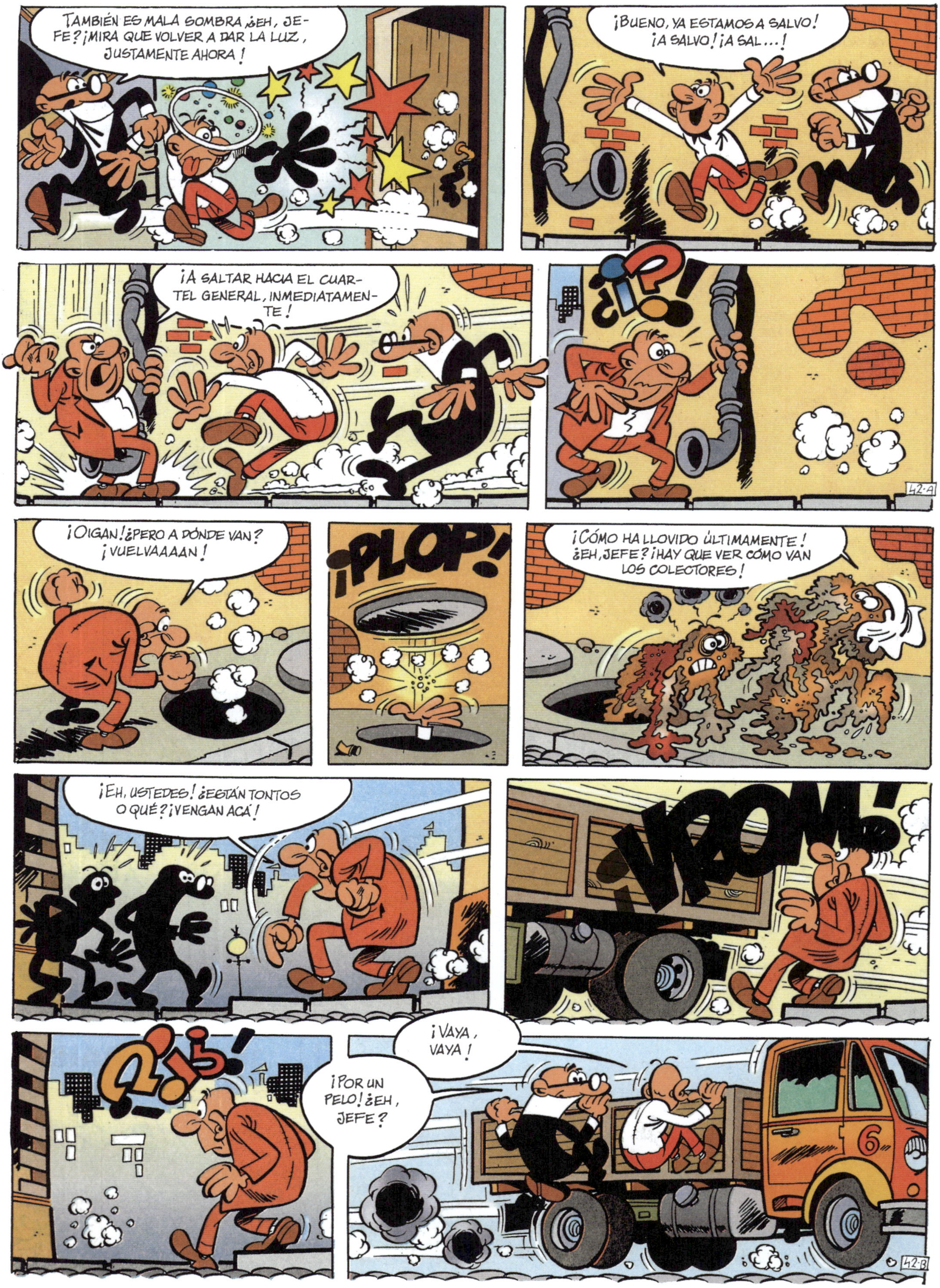
TAMBIÉN ES MALA SOMBRA ¿EH, JEFE? ¡MIRA QUE VOLVER A DAR LA LUZ, JUSTAMENTE AHORA!
¡BUENO, YA ESTAMOS A SALVO! ¡A SALVO! ¡A SAL...!
¡A SALTAR HACIA EL CUARTEL GENERAL, INMEDIATAMENTE!
¿¡?!
42-A
¡OIGAN! ¿PERO A DÓNDE VAN? ¡VUELVAAAAN!
¡PLOP!
¡CÓMO HA LLOVIDO ÚLTIMAMENTE! ¿EH, JEFE? ¡HAY QUE VER CÓMO VAN LOS COLECTORES!
¡EH, USTEDES! ¿ESTÁN TONTOS O QUÉ? ¡VENGAN ACÁ!
¡VROOM!
¿¡?!
¡VAYA, VAYA!
¡POR UN PELO! ¿EH, JEFE?
6
42-B

METÁMONOS EN LA CAJA. ¡EL CAMIÓN NOS LLEVARÁ MUY LEJOS!
PUES, NO, YA HA PARADO...
¡QUÉ RABIA!
¡IIIIIIIIIIIIIH!
¡LISTOS, PEPE! ¡YA PUEDES VOLVER A LA OBRA!
HALA, BAJEMOS.
ESTOY PENSANDO EN LA CARA DEL AGENTE BESTIÁJEZ... ¡JA, JA! ¡SE HABRÁ QUEDADO DE PIEDRA!
¡BRRRLOMM!
¡AY!
43-A
!!
¡APROVECHEMOS QUE ESTÁ EL DISCO ROJO, PARA BAJAR, JEFE!
SÍ...
POR LO MENOS, ESPERO NO TROPEZARME CON ESE BESTIÁJEZ EN SIETE LUSTROS...
¡VROM!
¡HOMBRE!
¡VUELVAN ACÁ, MERLUZOS! ¡VUELVAAAAN!
¡GRRR!
¡SE ME VOLVIERON A ESCAPAR, LOS TÍOS!
43-B

¡YA ME TIENEN FRITO!
¡TAC!
¡AY!
¡MI ESPINILLA!
¡MI ESPINILLAAA!
¡GRRR!
¡LE TENÍA EN LA MANO Y SE ME HA ESCAPADO!
¡SI LE VUELVO A PILLAR LE ESTRUJO Y LE ESTRUJO HASTA QUE...!
¡AAAAARGLGLGL!
¡VA... VÁMONOS, JEFE!
¡AY! ¡AY!
¡MI ESPINILLA! ¡MI ESPINILLAAAA!
¡HOMBRE, PERO SI SON MORTADELO Y FILEMÓN!
¡RAYOS, LANDRÚ Y EL DOCTOR PETIOT!
Y POR AHÍ VIENE BESTIÁJEZ... ¡YA NO TENEMOS ESCAPATORIA!
SÍ, PRECISAMENTE MANDÉ A BESTIÁJEZ A BUSCARLES, PORQUE COMO AL PROFESOR BACTERIO YA NO LE QUEDA NINGÚN INVENTO QUE PROBAR...
...QUERÍA DECIRLES QUE PODÍAN TOMARSE DOS SEMANITAS DE VACACIONES, POR CUENTA DE LA CASA.
PERO... ¿QUÉ LES OCURRE?
¿NO LES GUSTA LA IDEA?
¿POR QUÉ NOS MIRAN DE ESA MANERA?
¿QUÉ ES...?
¿QUÉ...?
¿ESTÁN LOCOS O QUÉ? ¡SÁQUENNOS DE AQUÍ!
¡SÁQUENNOOOS!
YO CREO QUE NO DEBIMOS HACERLO... ¿Y SI ESOS POBRES ANIMALITOS SE ENVENENAN?
¡NO LO PIENSE MÁS, JEFE! ¡NOS VAMOS A LA COSTA AZUUUUL!
ISLOTE DE LOS CANGREJOS CANÍBALES
FIN

UNA AVENTURA DE **MORTADELO Y FILEMÓN**

LA MÁQUINA DE COPIAR GENTE

GUION E ILUSTRACIONES DE
F. IBÁÑEZ

¿VA CÓMODO, SEÑOR "SÚPER", VA CÓMODO?
¡PSCHÉ! LA SUSPENSIÓN ALGO DURI-LLA.
¡RAYOS; MIRE ESE PELOTILLE-RO DE GÓMEZ, CÓMO LLEVA AL "SÚPER"!
¡ESO ES VERGONZOSO ¡NO PUEDO TOLE-RARLO!
¡DIGA QUE NO!
¡APARTA, DESGRACIADO! ¿CÓMO ERES CAPAZ DE HACER ES-TAS COSAS?
¡AL SEÑOR "SÚPER" HAY QUE LLEVARLE ASÍ, PARA QUE VAYA CÓMODO Y RELAJADO!
¡INEPTO, QUE ERES UN INEPTO!
1-A
¡BIEEEN, MUCHACHO, BIEN! AGUARDE, QUE VOY A PREMIAR SU BELLO GESTO.
¡USTED SÍ QUE ES BELLO, SEÑOR "SÚPER"!
¡HALA, TENGA! LE PERMITO QUE VAYA AL BAR, A SUBIRME UN CAFE-TITO!
¡ME ABRUMÁIS CON TAN-TOS HONORES, SIRE!
¡ESPERE UN MOMENTO, QUE HA LLEGADO UN NOMBRAMIENTO PARA USTED!
¿UN NOMBRA-MIENTO...?
"COFRADE MAYOR DE LA NOBLE ORDEN DEL CEPILLO..."
¡PUES YO NO LE VEO LA GRACIA A LA COSA!
¡SU CAFETITO, ILUSTRÍSIMO! AGUARDE, QUE LE PONGO EL AZÚCAR...
¡VAYA, HOMBRE: SE REVENTÓ EL SOBRE!
¡NO TE DIGO! ENCIMA, TENGO UN AGUJERO EN EL BOLSILLO...
SE ME HA IDO TODO POR LA PER-NERA DEL PANTALÓN, HASTA EL ZA-PATO...
AQUÍ ESTÁ... ¡CON RAZÓN ME CRUJÍA AL ANDAR!
BUENO: AHORA SE LO MENEO UN POCO...
1-B

¡HUM! ME PARECE QUE ESTÁ ALGO CALIENTE PARA TOMARLO... A VER, A VER...
CHUPL
PUES NO; ESTÁ EN SU PUNTO. PERO NO LO APURE DEL TODO, PORQUE AL SUBIR SE ME HA CAÍDO DENTRO LA COLILLA Y...
¡RAYOS! ¿PARA ESO QUERÍA EL CAFÉ?
¡PUES OTRA VEZ SE LO VA A SUBIR SU TÍAAAAGLGL!
¡SEÑOR "SÚPER", SEÑOR "SÚPER", HA OCURRIDO UNA CATÁSTROFE! ¡RESULTA QUE...!
¡AH; VEO QUE ESTÁ OCUPADO! TERMINE, TERMINE, QUE YA ME ESPERO.
¡BIEN! ¿QUÉ TRIPA SE LE HA ROTO?
VERÁ; ES QUE ACABAN DE ROBARME MI ÚLTIMO INVENTO... ¡EL MÁS GRANDE! ¡ALGO FABULOSO!
YA IMAGINO... ¡UN CEPILLO DE DIENTES PARA GALLINAS!
¡UNAS ZAPATILLAS DE BALLET PARA LOMBRICES!
¡NADA DE ESO, SEÑORES! SE TRATA DE...
la MÁQUINA de COPIAR GENTE
por F. Ibáñez
YAYA, YAYA... CON QUE ACABA DE "INVENTAR" LA MÁQUINA FOTOGRÁFICA, ¿EH?
¡QUE NO, QUE NO ES ESOOOGLGL!
SI SE LE CANSA LA MANO, AQUÍ TIENE, SEÑOR "SÚPER"...
SE... SE TRATA DE UNA MÁQUINA DONDE, POR UN LADO, SE INTRODUCEN FOTOS DE FRENTE, PERFIL Y ESPALDAS DE UN INDIVIDUO...

POR OTRO LADO, SE METE UN ENCEFALOGRAMA CON LA CLASE DE MENTALIDAD QUE SE DESEA QUE TENGA...
¡...Y SE OBTIENE UNA COPIA-ROBOT DEL INDIVIDUO, CON UN CEREBRO COMPLETAMENTE DISTINTO!
IMAGÍNESE... PUEDEN LOGRARSE BENEFACTORES CON IDEAS DE TIRANO, SUPERSABIOS CON CEREBRO DE MOSQUITO, GUARDIAS PENSANDO A LO "GÁNGSTER"...
¡RAYOS! ¿Y... Y ESA ANIMALADA FUNCIONA?
PUES SÍ; YA HICE UNA PRUEBA CON UN SUJETO ANODINO, VULGAR, DEL MONTÓN...
VEAN, VEAN.
¡AAAGH! ¡ÉSE SOY YOOO!
¡GRMBLFJY! ¿Y QUÉ CEREBRO "ME HA" PUESTO? ¿DE INVESTIGADOR ATÓMICO? ¿DE INGENIERO ESPACIAL?
3-A
¡IIIH-AAAAH! ¡IIIH-AAAAH!
¡DE POLLINO! ¡ME HA PUESTO UN CEREBRO DE POLLINOOO!
¡CÁLMESE, CORCHO, CÁLMESE! ¡YO CREO QUE SALE USTED GANANDOOOO!
O... OCURRE QUE DEBE TENER HAMBRE, ¿SABE? VOY A DARLE DE COMER.
¿Y QUÉ ES LO QUE COMEN SUS MONSTRUITOS? ¿CROMOSOMAS? ¿CELULAS OXIRRIBONUCLEICAS?
PUES NO, VERÁ... EN ESTE CASO...
¡AY! ¡SUÉLTEME LA BARBA, ANIMAL! ¡NO! ¡CON EL RADIADOR DE LA CALEFACCIÓN, NOOO...!
¡CLONC! ¡CLONC! ¡CLONC!
¡VAMOS, VAMOS, DEJEN DE JUGAR! ¡EL ASUNTO ES MÁS SERIO DE LO QUE PARECE!
¡SEÑOR "SÚPER", SE HA ESCAPADO! ¡EL MORTADELO-BURRO SE HA ESCAPADO!
3-B

¡CÁLMESE DE UNA VEZ, CARAY! SE REFIERE A USTED... AL POLLINO... ¡BUENO; YA SABE LO QUE QUIERO DECIR!
¡GRRR! ¡COMO ATRAPE A ESE BURRO DE MORTADELO...!
AL PASAR, LE DOY UNA PALMADITA EN LA ESPALDA Y VA, SUELTA UN REBUZNO...
¡...Y ME SACUDE UNA COZ A LO BESTIA! ¡CUANDO LE PONGA LA MANO ENCIMA...!
¡RÁPIDO: VAYAN Y ATRAPEN COMO SEA A ESE BORRICO DE MORTADELO! ¡Y USTED NO ME LANCE ESAS MIRADAS ASESINAS, MORTADELO!
¡ÉSE ES, GUARDIA, EL CALVO! ¡ATRÁPELO, QUE ESTÁ CHIFLADO!
¡HACE UN MOMENTO SE HA AGARRADO A LA BURRA Y HA EMPEZADO A HACERLE ARRUMACOS! ¡LLÉVESELO Y QUE LO DUCHEN!
PE... PERO, OIGA; SI YO NO... YO...
¡YA SE LO EXPLICARÁ OTRO RATO, MORTADELO! ¡CORRA!
¡ALTO A LA AUTORIDAD! ¡ALTOOO!
SÍ, GUARDIA; UN TIPO CALVO Y CON GAFAS... ¡SE HA LIADO A PEGAR REBUZNOS Y A COMERSE TODAS LAS FLORES DE LA PARADA!
¡NO SE ASOME, MORTADELO, NO SE ASOME!
¡RAYOS: MIRE QUIÉN SALE DISPARADO DE AQUEL CINE, CON LOS GUARDIAS DETRÁS!
¡HORROR! ¡NO! ¡NOOO!
¡GAMBERRADA DE AGENTE SECRETO!
MORTADELO, EL CONOCIDO AGENTE DE LA "T.I.A.", ENTRÓ AL TROTE BORRIQUERO EN UN CINE DONDE PROYECTABAN "LA MULA FRANCIS", SOLTANDO REBUZNOS ESTENTÓREOS Y COCEANDO A LOS ESPECTADORES. LUEGO, PERSEGUIDO POR LA FUERZA PÚBLICA, HUYÓ A LAS AFUERAS UNIÉNDOSE A UNA MANADA DE BURROS SILVESTRES Y BLA, BLA, BLA...
¡SÁQUEME DE AQUÍ! ¡AY! ¡NO SEA BURRO!
¡REPITA ESO DE "BURRO" Y LE PEGO FUEGO AL TONEL!
¡HOMBRE, DEJE EN PAZ AL BACTERIO, CARAMBA!

¡EL VIZCONDE DEL GORGOJO!
¡VAYA; AHORA QUE ÍBAMOS A MENEAR EL BIGOTE!
¡ESCONDA LAS LENTEJAS Y SAQUE EL CAVIAR, RAMONA!
¡CAVIAR, CAVIAR...! ¡COMO SE LE OCURRA PROBARLO Y VEA QUE SON SEMILLAS DE AJO...!
¡VIZCONDE, QUÉ HONOR! ¡ÍBAMOS A SENTARNOS A LA MESA... ¿QUIERE USTED COMER?
¡GRRRÑECK!
¡UAAAH!
¡RAYOS, QUÉ HAMBRE TRAE EL FULANO!
¡MORTADELO, NOS LLAMA EL "SÚPER"! ¡MISIÓN URGENTE! ¿DÓNDE SE HA METIDO?
¿PERO QUÉ HACE JUGANDO CON PETARDITOS? ¿SE CREE QUE ESTAMOS DE VERBENA?
¡ZZZZZZZZ...!
¡GRMBLFJ... GAMBERRO... FRRRTSX... PETARDISTA... GLMJRRR... TÍO BESTIAJO...!
¡VAMOS, CAMINE, PEDAZO DE BORREGO!
BANG!
¡BEEEEE!
¡SEÑOR "SÚPER", AQUÍ NOS TIENE! ¡SEÑOR "SÚPEEER!
¡YA VOY, YA VOY! ¡BRRR!
¡COMO AGARRE YO AL GUSANO QUE ME HA TIRADO UN PETARDO A LA CABEZA...!
BIEN; TIENEN QUE IR DISPARADOS A LA MANSIÓN DEL CONDE LITO...
RESULTA QUE HAN RECIBIDO LA VISITA DEL VIZCONDE DEL GORGOJO...
¡PERO SABEMOS QUE EL VIZCONDE ESTÁ DE TURISTA POR LA PATAGONIA!

POR LO QUE DEBE TRATARSE DE UNA COPIA-ROBOT INVENTADA POR ESA MÁQUINA CATASTRÓFICA DEL PROFESOR BACTERIO...
DICEN QUE SACUDE MORDISCOS EN EL CUELLO... LE DEBEN HABER ENCHUFADO UN ENCEFALOGRAMA DE VAMPIRO...
¡TIENEN QUE AGARRARLO VOLANDO, ANTES DE QUE SE CARGUE A LOS CONDES Y LOS BANDIDOS APROVECHEN PARA ROBAR LAS JOYAS DE LA CONDESA!
¡EH; LLÉVENSE ESTE RECLAMO QUE HE INVENTADO! ¡SIRVE PARA ATRAER A LOS VAMPIROS!
¡TWEEEE!
¿"ESO", PARA ATRAER VAMPIROS? ¡JA, JA! ¡SI SUENA COMO LA TROMPETA DEL BASURERO DE MI BARRIO!
¡RAYOS! ¡NO! ¡NO!
6-A
¡TWOUUT!
¡TWEEEE!
¡TWOOOT!
¡AH; MENOS MAL QUE LES ENCUENTRO! ME EQUIVOQUÉ... EL RECLAMO PARA VAMPIROS ES ÉSTE... EL OTRO ES PARA ELEF...
¡SEÑOR "SÚPER", QUIERO PRESENTAR UNA QUEJA MUY SERIA CONTRA MORTADELO Y FILEMÓN!
¡RAYOS; MIRE CÓMO SE HA DORMIDO!
¡CLARO, A LO MURCIÉLAGO!
MENOS MAL QUE LLEGAN... ¡DÉSE PRISA! ¡LE HA DADO A MI MUJER UN MORDISCO EN EL CUELLO!
¡MAGINEN... ¡EL COLLAR QUE USA, ES DE TRES VUELTAS; AHORA PUEDE DAR SIETE!
¡ZZZ...!
6-B

¡AGUANTE, AGUANTE Y VERÁ COMO SE DEJA "K.O." ÉL SOLITO!
¡PLAS! ¡PLAS! ¡PLAS!
¡GRRRÑECK!
¡CROCK!
¡ÑIIIICK!
¡ÑIIIIC!
¡PUES NO CASCA, EL TÍO! ¡NOS HA RESULTADO UN DRÁCULA CABEZA DURA!
¡GRRRÑIEC!
¡AING! ¡PTUF!
¡JE, JE! ¿QUÉ LE PARECE MI COLLAR DE ACERO ANTIVAMPIROS?
¡GRRRÑEC!
¡RAYOS! ¡AHORA ME ATACA A MÍ!
¡RÁPIDO, JEFE; PROTÉJASE LA NUEZ CON MI COLLAR!
¡JA, JA! ¡YA PUEDES MORDER, BESTIAJO!
ROC ROC
¡ÑAC!
¡UAAAAAH!
¡ME HA HECHO CISCO LA CANILLA! ¡Y ME HA CHUPADO LA SANGRE!
¡ENTONCES, TODO RESUELTO, JEFE!
¡CON LA MALA SANGRE QUE USTED TIENE, DENTRO DE UNOS SEGUNDOS CAERÁ MUERTO DEL TODO ENVENENAMIENTO!
¡REPÓRTESE, JEFE! ¡COMO SE DESCUAJARINGUE EL CARRILLÓN AL CONDE, SE VA A ARMAR LA GORDAAA!
¡HOMBRE, ESTA GENTE IBA A COMER! ¡Y CAVIAR, CON LO QUE A MÍ ME CHIFLA!
BUENO, POR UNA PIZQUITA NO CREO QUE SE NOTE. ¡JE, JE!

¡AAAJJJ...!
¡E... ES AJO! ¡SIMIENTE DE AJO ARRIERO!
Y TENGO ENTENDIDO QUE LOS VAMPIROS NO PUEDEN CON EL AJO...
¡JE, JE, JEEE! ¡YA SÉ QUIÉN SE VA A TRAGAR EL PLATO ENTERO!
¡ÑIAAACK!
¡HOMBRE; EL JEFE LO TIENE A PUNTO! ¡SUJÉTELO ASÍ, QUE VA!
¿QUÉ DICE QUE VA? ¿QUIÉN VA?
¡PTAF!
¡GLUMPF!
PLINC
¡RAAAARGF!
¡LO CONSIGUIÓ, JEFE! ¡LO HA DEJADO MÁS REQUEMADO QUE UNA COLILLA DE "CELTAS"!
BUENO, MISIÓN VENTILADA, EL FALSO VIZCONDE YA ESTÁ PLEGADITO Y ARCHIVADO EN EL FICHERO DE CASOS RAROS.
POR CIERTO, TODAVÍA LLEVO ENCIMA EL OTRO RECLAMO DE VAMPIROS QUE NOS DIO EL BACTERIO...
LO VOY A PROBAR. ¡JI, JI! ¡SEGURO QUE SÓLO ATRAE A LAS GALLINAS!
¡NO LO HAGA! ¡NO...!
¡PRRRTZ!
¡NO!
¡SANGRE... SANGRE...!
¡LE DABA ASÍ...!
¿AJOS? PUES NO; ESTE AÑO SE HA PERDIDO TODA LA COSECHA. SI LE DA IGUAL ZANAHORIAS...

¡HOLA, DOÑA CONEGUNDA! QUÉ: A SACAR SU PESETITA DE TODAS LAS SEMANAS, PARA LOS POBRES, ¿EH?
CUENTAS CORRIENTES
¿Y CÓMO VA ESA ARTRITIS? ¿YA HA RECUPERADO LA FUERZA DEL BRAZO?
¡SAPRISTI!
CUENTAS CORRIENTES
¡CRONCH!
¡HOP!
CÁMARA ACORAZADA
¡SE HA EQUIVOCADO, ABUELA! ¡JE, JE! LA SALIDA ES POR A...
¡AH!
¡CRONCH!
¡EH, PROFESOR BACTERIO! ¿SABE DÓNDE ESTÁ MORTADELO?
¡SÍ; ESTÁ PINTANDO DE AMARILLO SU DESPACHO! ¡GRFJTZ!
¡VAMOS; CREO QUE EL "SÚPER" NOS LLAMA! ESTÁ GRITANDO "¡QUE VENGAN ESOS DOS DESGRACIADOS!"

SÍ; UNA VIEJA ... UNA TAL DOÑA CONEGUNDA ... ¡HABRÁ SACADO UNA COPIA CON ESA MÁQUINA DESASTROSA DEL BACTERIO!
Y PARECE QUE PRACTICA EL JUDO COMO QUIEN LAVA ... ¡DEBE LLEVAR IMPRESO UN CIRCUITO DE ALGÚN CINTURÓN NEGRO!
¡BAH; YO TRANQUILO! ¡SI ELLA ES JUDOKA, UN SERVIDOR ES KARATEKA DE NO TE MENEES!
OBSERVEN, OBSERVEN ... ¡ÑIAAÁCK!
¡CRAC!
¡RAYOS, QUÉ PUERTA TAN RARA! ESTÁ LLENA DE PELOS ...
GOMA 2
PERO, HOMBRE ... ¿QUIÉN LE MANDA ESCUCHAR DETRÁS DE LAS PUERTAS, COMO UNA VIEJA CHISMOSA?
¡CALLE Y CORRA, TARUGOOOO!
BIEN; HABRÁ QUE PENSAR DÓNDE PODEMOS ENCONTRAR A ES VIEJA ...
¡YO LO SÉ, JEFE! ¡EN EL HOSPITAL CONTRA ENFERMEDADES EPIDÉMICAS!
¡RAYOS! PERO ... ¿CÓMO LO SABE? ¿QUÉ PORTENTOSOS MÉTODOS DE DEDUCCIÓN SIGUE USTED? ¿QUÉ ...?
¡OH, ES MUY SENCILLO! HABRÁ TENIDO QUE IR A PONERSE EN TRATAMIENTO, PORQUE YA SABE USTED AQUELLO DE QUE "A LA VEJEZ, VIRUELAS"...
PUES SI USTED TIENE IDEAS MEJORES, ¿PARA QUÉ PORRAS ME PREGUNTA?
¿NO TE FASTIDIA, LA VIEJA? ¡LE DIGO QUE LLEVO UN MES SIN COMER Y ME DA UN CORDEL PARA QUE ME APRIETE LOS PANTALONES!
¡Y ESO QUE LLEVABA UN SACO LLENO DE BILLETES, LA TÍA TACAÑA!
¡UN SACO LLENO DE BILLETES! ¡YA LO TENGO! ¡LE CORTARÉ EL PASO!

¡ALTO AHÍ, SEÑORA MÍA! ¡SE ACABÓ EL PASEO!
¡JE, JE, JE! ¿QUÉ PRETENDE? ¿PONER MEDIAS SUELAS?
OIGA, MORTADELO: ¿USTED ENTIENDE DE NUDOS MARINEROS?
¡PUES CLARO, MI BISABUELO ERA OFICIAL DE AMARRAS EN EL ACORAZADO DE SIMBAD EL MARINO! ¿POR QUÉ?
¡PUES A VER SI PUEDE DESENREDARME ESTO!
¡GRFTJX!
MIRE QUE DEJARSE ENREDAR POR UNA VIEJA... ¡JA, JA! ¡DÉJEMELA A MÍ!
11-A
VERÁ COMO LE HAGO SOLTAR EL SACO Y ME LO TRAIGO A ESCAPE...
¡SEÑORA, SEÑORA! ¿QUERRÁ ECHARME UNA MANO PARA ATARME LA PAÑOLETA?
ES QUE SE ME HA AFLOJADO Y COMO YO PADEZCO CARDIOPATÍA DE CODO, NO PUEDO...
¡YA LO HA SOLTADO! ¡JE JE! AHORA LO AGARRO Y SALGO A ESCA...
¡AAARGLAARGLGLGL!
¡MORTADELO! ¡A MÍ NO ME SAQUE LA LENGUA, QUE SOY UN SUPERIOR!
SÍ; YA VEO, YA VEO...
PERCAL DEL BARATO, ARRUGABLE, ENCOGIBLE Y DESHINCHABLE... ¡Y SI SE APRIETA TANTO EL NUDO, VA A TENER PROBLEMAS RESPIRATORIOS!
¡ANIMAL DE BELLOTA!
11-B.

¿PERO QUÉ HACE, DESGRACIADO? ¡APARTE EL CUELLO DE LA SIERRA CIRCULAR!
CARPINTERÍA
¡OJIIIIIII...!
¡DESPIERTE, PATRÓN, DESPIERTE! ¡ESO QUE HA CAÍDO REBOTANDO SÓLO ES EL BALÓN DE MI SOBRINO, QUE ESTABA JUNTO A LA SIERRA!
¡PFIUUUU!
CARPINTER
¡ALLÍ ESTÁ LA VIEJA! ¡LE VOY A...!
¡VAMOS, VAMOS, SEÑORA! NO PRETENDERÁ GANARME A CORRER, ¿EH?, NADA MENOS QUE A MÍ!
PUES PARECE QUE TIENE ZANCADA LARGA, LA CHIQUILLA...
VLADIVOSTOK
SÓ... SÓLO ME QUEDA UN RECURSO... ¡EL DISFRAZ DE MURO!
¡BROM!
NO PODÍA FALLAR. ¡JE JE!
¡LAS ESTADÍSTICAS DEMUESTRAN QUE CADA VEZ QUE CAE UN MURO, PILLA A UNA VIEJA DEBAJO!
¡MISIÓN CUMPLIDA, JEFE! ¡LA VIEJA-ROBOT LIQUIDADA Y EL DINERO, SANO Y SAL...
...VO!
¡GRONF, ÑIAM, GLOP...!
¡BEEE...! ¡BURP!
LA BOLA
¡MALVERSACIÓN DE FONDOS!
RECUPERAN EL DINERO ROBADO AL BANCO, PERO LUEGO LO HACEN DESAPARECER, PRETENDIENDO ECHARLE LAS CULPAS A UNA CABRA, Y BLA...BLA...BLA...
¡LOS ENCONTRARÉ! ¡VAYA SI LOS ENCONTRARÉ!
¡NOS ENCONTRARÁ, JEFE!
¡CALLE, BURRO!

¡QUÉ BATACAZO! ¡AY! MIRA QUE ARRANCAR CON LA MOTO...
...SIN DARME CUENTA DE QUE ME HABÍAN ROBADO LA RUEDA DE DELANTE... ¡QUÉ DOLOR DE RIÑONEEES!
A... A VER SI PUEDO TUMBARME UN POCO... ¡ESTOY QUE ME PARTO!
CRE... CREO QUE ESO DEL LANZAMIENTO DEL DISCO NO ESTÁ HECHO PARA MÍ...
SERÁ MEJOR QUE PRACTIQUE EL SALTO DE ALTURA...
¡HOP!
¡UAAAAH!
¡BLOF!
13-A
¡CA... CARAMBA, JEFE! ¿ES USTED? QUÉ CASUALIDAD, ¿EH?
¡MIS RIÑONES!
¡MIS RIÑONEEES!
¿Y A MÍ QUÉ ME EXPLICA? ¡YO NO LE HE QUITADO NADAAAA!
ME... ME HE CAÍDO DE LA MOTO... ¡AY, MIS RIÑONES!
¡AH, PUES ESO SE LO CURO YO EN UN DECIR JESÚS! ¡SÚBASE LA CAMISA, SÚBASELA!
UNA GAMUZA EMPAPADA CON VINAGRE Y JUGO DE BERZAS, Y COMO NUEVO...
¡VERÁ QUÉ ALIVIO!
¡MUUUU!
¡PTAF!
¡UOOAAY!
¡JEFE! ¡JEFEEE!
F. Ibáñez
13-B

¡MUUU!
¡PTAF!
¡MADRE MÍA! ¡QUÉ COSTALAZO! ¡AY, MIS RIÑONES!
¡PTOF!
¡LE... LE DIGO QUE ES COSA DEL "SÚPER", JEFE! ¡SE HA LIADO A EMBESTIR COMO UN MIURAAA!
¡RAYOS, SEGURO QUE NO ES EL "SÚPER", SINO UNA COPIA HECHA CON LA MÁQUINA ESA DEL BACTERIO!
¡CLARO, Y LE HABRÁN METIDO EN LA SESERA UN ENCEFALOGRAMA DE TORO DE LIDIA CARDENO BRAGAO Y VELETO!
¡HAY QUE ACTUAR ANTES DE QUE SE CARGUE A MEDIA ORGANIZACIÓN!
¡DÉJEMELO A MÍ, JEFE!
¡LE VOY A HACER UNA FAENA QUE RÍASE USTED DEL "GALLO"!
MIRA QUE AGUJEREÁRSEME EL BOLSILLO... ¿DÓNDE HABRÁ IDO A PARAR MI PESETA...?
¡HOMBRE, QUÉ BIEN! ESTÁ A PUNTO PARA PONERLE UN BUEN PAR EN TODO LO ALTO.
PASE, PASE, SEÑOR DIRECTOR GENERAL. CUANDO QUIERA, PUEDE EMPEZAR LA INSPECCIÓN.
AUNQUE LE ASEGURO QUE TODO VA COMO UNA SEDA. EL PERSONAL ES MUY RESPETUOSO CON LOS SUPERIORES Y...
¡TOMA BANDERILLAS, CORNIGACHO!
¡AAAAH!
TCHAC

¡LO MATO! ¡LO MATO!
¡LO MATOOO!
¡GLUP!
ME DA EN LA NARIZ QUE ÉSTE ES EL "SÚPER" DE VERDAD... Y QUE NO LE HABRÁ HECHO GRACIA LA COSA...
¡RAYOS! ¿Y ÉSE ES EL PERSONAL RESPETUOSO? ¡PUES CÓMO SERÁ EL INDISCIPLINADO!
NO PUEDO CONSENTIR QUE LOS MANDOS SE DEJEN ATROPELLAR ASÍ... ¡LE LLAMARÉ LA ATENCIÓN AL SUPERINTENDENTE ESE!
¡LO HE VISTO TODO! ¿NO LE DA VERGÜENZA? ¿QUÉ ES USTED? ¿UN CORDERO?
¡MUUU!
NO... NO ES UN CORDERO... ¡ES UNA VACA!
¡UNA VACAAA!
15-A
¡YA CASI ES LA HORA DE SALIR... TENGO QUE IR A LA FINCA DE MI TÍO, EL LABRIEGO...
ME LLEVO ESTE PALO CON UN PINCHO EN LA PUNTA, PARA COGER HIGOS. ¡JI, JI!
¡RAYOS!
MIS... MIS RIÑONES... ¡AY! SÓLO EL ROCE DE LA CAMISA ME HACE VER LAS ESTRELLAS...
¡AH!
ESE MORTADELO SE ME ESCAPÓ... ¡BRR! ¡COMO VUELVA A PILLARLE IMITANDO AL "CORDOBÉS"...!
¡AH! ¡AAAH!
¡ESTÁ CHIFLADO! ¡NO HA TENIDO BASTANTE CON BANDERILLEARME Y AHORA QUIERE DARME UN PUYAZO!
¡SOCORROOO!
15-B

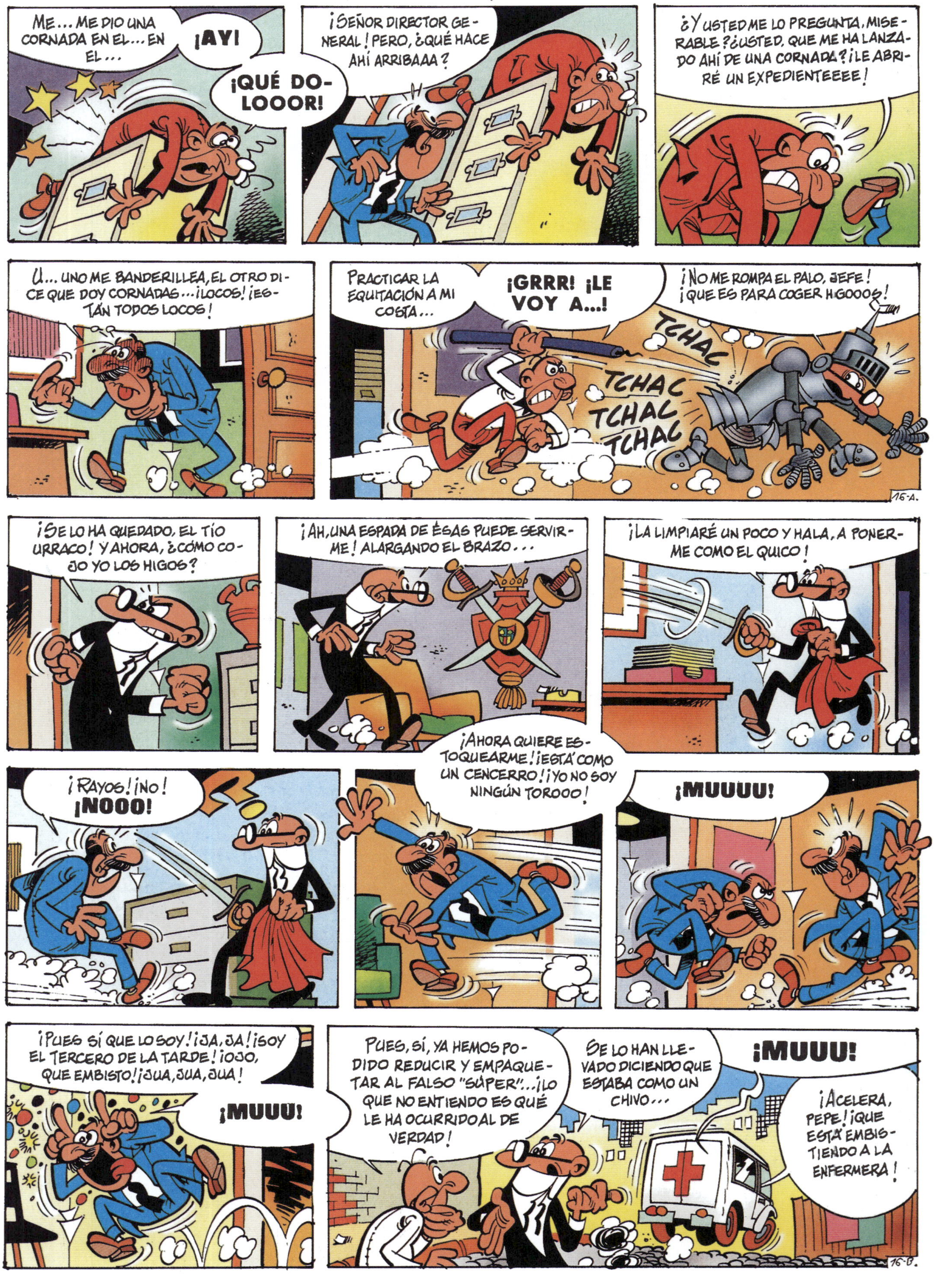
ME... ME DIO UNA CORNADA EN EL... EN EL...
¡AY!
¡QUÉ DOLOOOR!
¡SEÑOR DIRECTOR GENERAL! PERO, ¿QUÉ HACE AHÍ ARRIBAAA?
¿Y USTED ME LO PREGUNTA, MISERABLE? ¿USTED, QUE ME HA LANZADO AHÍ DE UNA CORNADA? ¡LE ABRIRÉ UN EXPEDIENTEEEE!
U... UNO ME BANDERILLEA, EL OTRO DICE QUE DOY CORNADAS... ¡LOCOS! ¡ESTÁN TODOS LOCOS!
PRACTICAR LA EQUITACIÓN A MI COSTA...
¡GRRR! ¡LE VOY A...!
¡NO ME ROMPA EL PALO, JEFE! ¡QUE ES PARA COGER HIGOOOS!
TCHAC
TCHAC
TCHAC
TCHAC
15-A.
¡SE LO HA QUEDADO, EL TÍO URRACO! Y AHORA, ¿CÓMO COJO YO LOS HIGOS?
¡AH, UNA ESPADA DE ÉSAS PUEDE SERVIRME! ALARGANDO EL BRAZO...
¡LA LIMPIARÉ UN POCO Y HALA, A PONERME COMO EL QUICO!
¡RAYOS! ¡NO! ¡NOOO!
¡AHORA QUIERE ESTOQUEARME! ¡ESTÁ COMO UN CENCERRO! ¡YO NO SOY NINGÚN TOROOO!
¡MUUUU!
¡PUES SÍ QUE LO SOY! ¡JA, JA! ¡SOY EL TERCERO DE LA TARDE! ¡OJO, QUE EMBISTO! ¡JUA, JUA, JUA!
¡MUUU!
PUES, SÍ, YA HEMOS PODIDO REDUCIR Y EMPAQUETAR AL FALSO "SÚPER"... ¡LO QUE NO ENTIENDO ES QUÉ LE HA OCURRIDO AL DE VERDAD!
SE LO HAN LLEVADO DICIENDO QUE ESTABA COMO UN CHIVO...
¡MUUU!
¡ACELERA, PEPE! ¡QUE ESTÁ EMBISTIENDO A LA ENFERMERA!
16-B.

¡HOMBRE AQUÍ ESTÁ EL AGENTE RUIPÉREZ, EL GIGANTE MÁS BAJITO DEL MUNDO! ¡JA, JA, JA!
BUENO, ES BROMA, MICROB... ESTEEE, RUIPÉREZ, ¡JE, JE! ¡VENGA ESA MANO!
¡PTAF!
¡PUAAAAH!
¡RAYOS, SEÑOR FILEMÓN! ¿ES QUE HA DORMIDO DENTRO DE UN ACORDEÓN?
¡AY!
HA... HA SIDO RUIPÉREZ... ME HA SACUDIDO UN TORTAZO QUE...
¡PERO SI A RUIPÉREZ LO ENVIÉ DE MISIÓN A PERNAMBUCO, OCULTO EN UN MECHERO DE GAS!
¡RAYOS; AHORA COMPRENDO EL RUIDO QUE SOLTÓ AL MARCHARSE!
¡DEBE TRATARSE DE UNA COPIA HECHA CON LA MÁQUINA DEL BACTERIO, A LA QUE HAN INYECTADO UN CEREBRO DE ELEFANTE!
LA SEMANA PASADA LO INTENTARON CONMIGO... ¡TRATAN DE DESTRUIR NUESTRA ORGANIZACIÓN!
¡VAYAN; LIQUÍDENLO EN CUANTO LLEGUE MORTADELO! NO PUEDE TARDAR; LO HE MANDADO A POR UN BOCADILLO Y...
¡AH, YA ESTÁ AQUÍ!
¡SU BOCADILLO DE GARBANZOS, SEÑOR SÚPER!
NO TENÍA PAPEL, ASÍ QUE LO HE ENVUELTO EN EL PAÑUELO Y...
¡UH; CÓMO ESTÁ! TENGO QUE MANDARLO A LAVAR...
BUENO, AQUÍ LO TIENE. ¡UN SOLETE DE BOCADILLO!
TAP TAP TAP
Y AHORA, A DARME LEJÍA EN LAS MANOS... ¡LAS TENGO PRINGOSAS DE LIMPIAR EL MOTOR DEL COCHE!

PERO, ¿USTED HA VISTO QUÉ TIPO? ¡EN VEZ DE DARME LAS GRACIAS, ME HA DADO UNA TORTA!
¡Y ENCIMA, HA TIRADO EL BOCADILLO POR LA VENTANA! ¡COMO SI ESTUVIERA CONTAMINADO!
¡BUENO, OLVÍDELO! TENEMOS UN TRABAJO... SE TRATA DEL AGENTE RUIPÉREZ...
...Y LE DEBEN HABER COLOCADO UN REGISTRO DE ELEFANTE, QUE LE PROPORCIONA UNA FUERZA TREMENDA. ¡HAY QUE ACABAR CON ÉL!
¡DÉJEMELO A MÍ, JEFE! ¡JE, JE! ¡SOY EXPERTO EN MINIATURAS!
¡EH; MICHINO! ¡BSSS, BSSS! ¡VEN ACÁ, QUE TE VOY A DAR PARA EL PELO!
¡TUMBA!
¡PUAAAAH!
¡MORTADELO! ¡AAAH! ¡SE LE HA COMIDO LA CABEZA!
¡CALLE, CORCHO, QUE LA TENGO AQUÍ! ¡AY! ¡QUÉ MAMPORRO!
¿LE TRAIGO UNA ASPIRINA?
NO; MEJOR UN SEDAL Y UN ANZUELO, A VER SI PESCO LA TROMPA DE EUSTAQUIO QUE ESTÁ EN EL INTESTINO GRUESO... ¡AY!
PERO YO SÉ CÓMO VENCER A ESA FIERA... ¡UN RATÓN! ¡LOS RATONES ATERRORIZAN A LOS ELEFANTES!
Y EL BACTERIO, TIENE AQUÍ UNO QUE UTILIZA PARA SUS EXPERIENCIAS... ¡JE, JE!
¡HALA, BICHO! ¡A POR ÉL, A POR ÉL!
¿QUIÉN HA TOCADO EL RATÓN DE MI LABORATORIO?
¡ES PELIGROSÍSIMO! ¡SE ME HA COMIDO UNA CARGA DE "GOMA 2" Y A LA MENOR SACUDIDA...!

¡BAUMM!
¡VOLÓ! ¡RATONCITO! ¡MI POBRE RATONCITO!
¡SEÑOR "SÚPER", EXIJO QUE SE LE ABRA UN EXPEDIENTE A ESE CAFRE DE MORTADELO!
¡PUAAAAH!
¡BROM!
PUAAA, PUAAA... ¡"PUA" QUE APRENDAS! ¡JA, JA, JA!
¡CRONCH!
¡AAAAAH!
TENGO UNA IDEA... ¡EL VENENO!
ÁCIDO NÍTRICO... SÚLFURO... CURARE... LEJÍA... WHISKY DEL PAÍS...
LO INOCULO TODO EN EL MANJAR FAVORITO DE LOS TROMPUDOS...
¡JE, JE! ¡AQUÍ HAY VENENO COMO PARA TUMBAR A DIEZ ELEFANTES!
HAY QUE DEJARLO ASENTAR UN POCO, COMO EL ARROZ...
¡QUÉ CARRERA! SI ME ATRAPAN ME DESCUAJARINGAN... ¡ESTOY HECHO POLVO!
¡HOMBRE; UNA ZANAHORIA! CREO QUE TIENE MUCHAS VITAMINAS...
PUES NADA, NADA, A RECUPERAR FUERZAS. ¡CRUN, ÑIAM, GLORF...!

¡JEFE! ¿QUÉ HACE CON EL RABO DE ESA ZANAHORIA?
NO SE LA HABRÁ COMIDO, ¿EH?
¡JEFE! ¿QUÉ LE PASA? ¡SE HA VUELTO AZUL!
¡JEFE! ¡QUÉ BATACAZOOO!
¡BLOM!
NUNCA VI NADA IGUAL... ¡LLEVA DENTRO VENENO COMO PARA TUMBAR A DIEZ ELEFANTES!
YA, YA... ¡QUÉ ME VA A EXPLICAR A MÍ!
UNIDAD DE LAVADOS INTENSIVOS
RLON
RLON
RLON
RLON
¡HALA, JEFE, QUE NO HA SIDO NADA! UNOS CUANTOS DÍAS A RÉGIMEN DE AJO FRITO Y COMO NUEVO...
SE ME HA OCURRITO OTRA IDEA... ¡LA DESCARGA ELÉCTR.CA!
ESTO, PARECEN DOS INOCENTES LÁMPARAS, PERO EN REALIDAD SE TRATA DE UNA TRAMPA MORTAL!
¡EN CUANTO EL ENANO PASE ENTRE ELLAS, SE ESTABLECERÁ UN ARCO VOLTAICO CAPAZ DE DEJAR FRITO AL MAZINGER ESE!
¿CÓMO? ¡USTEDES TIENEN DOS LÁMPARAS Y YO NINGUNA!
¡NO LA TOQUE! ¡NO...!
¡QUE SÍ, QUE SÍ; ME LA LLEVO!
¡AH! Y DEJEN ESTAR LO DEL FALSO RUIPÉREZ. EL AGENTE MELANIO YA SE LO HA CARGADO A BASE DE BAZOOKAZO Y TENTETIESO Y...
¡RANG!
POR CIERTO, ¿NO NOTAN UN PESTAZO TREMENDO A QUEMADO...?
¡ANDA! ¿PERO DE DÓNDE SALEN TAN NEGROS? ¿QUÉ VAN A HACER? ¿QUÉ...?
¿ESTÁN CHALADOS? ¡SUÉLTENME! ¡SUÉLTENMEEE!
YA FALTA POCO, YA... ¡DENTRO DE DOS MINUTOS DAN LA LUZ!

¡MORTADELOOO! ¿VIENE ESE AGUA MINERAL QUE LE HE PEDIDO O QUÉEE?
¡MARCHANDOOO!
SU AGÜITA, SIRE... ¿ALGO DE TAPA? ¿RENACUAJOS A LA ROMANA?
¡AH; ESTO ES AGUA PURA Y CRISTALINA Y NO LA PORQUERÍA MALOLIENTE QUE SALE POR EL GRIFO!
GLOP GLOP GLOP
¡GLU, GLU, GLU, GLU!
¡BURP!
¿Y QUIERE EXPLICARME POR QUÉ HA TARDADO TANTO EN TRAÉRMELA?
¡HUY, SEÑOR "SÚPER": ES QUE NO IMAGINA LO QUE ME HA COSTADO SACAR EL LAGARTO QUE SE HABÍA COLADO EN LA BOTELLA!
21-A
TUVE QUE ESTAR HURGANDO UNA HORA CON EL PALITO DE LIMPIARLE LAS OREJAS AL GATO...
Y LUEGO EL VASO... ¡NO VEA! ¡LO HABÍA UTILIZADO EL AGENTE GÓMEZ PARA ECHARLE ACEITE A SU COCHE!
POR SUERTE, LA MUJER DE LA LIMPIEZA ME PRESTÓ UN ESTROPAJO VIEJO, Y DESPUÉS DE FROTARLO MEDIA HORA...
PERO, SEÑOR "SÚPER"... ¿QUÉ HACE? ¿POR QUÉ ARRANCA EL RADIADOR DE LA CALEFACCIÓN?
¡PUES OTRA VEZ QUE QUIERA AGUA SE VA A ESPERAR A QUE LLUEVA! ¡NO TE FASTIDIA...!
¡BRRR! ¡JAMÁS VI UN TIPO CON EXPRESIONES MÁS ZAFIAS NI PROCEDER MÁS DELEZNABLE!
EN CAMBIO, EL SEÑOR FILEMÓN, TAN PULIDO EN EL HABLAR, TAN COMEDIDO EN SUS ACTOS...
¡PRRRROP...!
¡PROPOPOF! ¡PRRRR...!
21-B

¡RAYOS; ESTO ES INAUDITO! ¡EXECRABLE! ¡INDIGNANTE!
¡MORTADELOOO! ¿NO HA VISTO PASAR A ESA CABRA LOCA DE FILEMÓN?
PUES... SÍ, JUSTAMENTE IBA A COLGAR EL VELÁZQUEZ QUE USTED COMPRÓ AYER, CUANDO...
¿PERO A MÍ QUÉ ME EXPLICAAA? ¡LO ATRAVESÓ DISPARADO SIN VER NADA Y GRITANDO "POP, POP, PRRROP, POP"!
DISPARADO... SIN VER NADA... POP POP PRRROP... ¡YA ESTÁ! ¡UNA MOTO!
¿MOTO? ¡QUÉ VA! ¡ROTO! ¡UN ROTO COMO UNA CATEDRAL!
¡DIGO QUE FILEMÓN NO ES FILEMÓN, SINO UNA COPIA HECHA CON LA MÁQUINA DEL BACTERIO...
...A LA QUE HABRÁ ACOPLADO EL CIRCUITO ELÉCTRICO DE UNA MOTOCICLETA!
PUES HA SALIDO GANANDO... ¡ANTES TENÍA LOS CIRCUITOS DE UNA REGADERA!
¡BRRR! ¡DÉJESE DE IRONÍAS Y ELIMÍNELO ANTES DE QUE ATROPELLE A MEDIA ORGANIZACIÓN!
¡AH, YA SÉ! ¡CONOZCO EL ARMA PRECISA!
PAM PAM PAM
MUCHACHO, CREO QUE MI POBRE CEREBRO NO ESTÁ A LA ALTURA DE LAS CIRCUNSTANCIAS... ¿QUIERE EXPLICARME QUÉ PORRAS ESTÁ HACIENDO?
¡ELEMENTAL, SEÑOR "SÚPER"! ¡ACABO DE COLOCARLE UNA TRAMPA MORTAL!
¿ES QUE NO LEE USTED LOS "SUCESOS"? ¡TODAS LAS MOTOS ACABAN DESMORRÁNDOSE CONTRA UNA FAROLA!
¡DESDE LUEGO, JAMÁS VI A NADIE EXPRESAR UNA DISPARIDAD DE OPINIÓN DE UNA MANERA TAN CAFRE!

¡YA SÉ! ¡JA, JA! ¡LE PROVOCARÉ UN REVENTÓN!
PARA ATRAERLO, USARÉ COMO CEBO UNA MEZCLA DE SÚPER Y ACEITE LUBRICANTE SAE 30...
¿QUÉ HACE AHORA? ¿PRETENDE ATRAPAR UNA MOTO CON UN CUBOOO?
¡AH!
¡ZIP!
¡BLOF!
¡UAAAAH!
¡MISERABLE! ¡VIL Y RUIN! ¡SE ACORDARÁ DE ESTOOO!
¡ERA UNA TRAMPA PARA MOTOS! ¿QUIÉN LE MANDABA METER EL... EL... EL DOS DE OROOOS?
PAM PAM PAM PAM
¡EN FIN; LE PREPARARÉ OTRA TRAMPA PERFECTA!
YA VENDRÁ, YA. ¡JE, JE! ¡TARDE O TEMPRANO, TODAS LAS MOTOS HAN DE REPOSTAR, Y ENTONCES...!
SUPER
¡HOMBRE, MORTADELO! ¿AHORA TIENES UN PLURIEMPLEO DE GASOLINERO?
¡RAYOS; EL AGENTE POLLÍNEZ!
¡JO, JO, JO! ¡SÓLO A TI SE TE PODÍA OCURRIR MONTAR UNA ESTACIÓN DE SERVICIO EN EL ARCHIVO DE UNA OFICINA! ¡JUÁAA, JUÁ!
BUENO, YA ESTOY AQUÍ, PONME DIEZ Y YA QUEDARÁ LLENO EL DEPÓSITO DEL COCHE, ¡JE, JE!
PERO NO... QUE ESTO ES UNA TRAMPA. Y ESO NO ES GASOLINA...
...SINO NITROGLICERINA...
¡RAYOS, QUE TROPEZÓN! ¡ME CAIGO!
¡TAC!

¡BOOM!
GRACIOSILLO EL CHICO, ¿EH?
QUÉ POCO SENTIDO DEL HUMOR TIENE ESE POLLÍNEZ... ¡PERO QUÉ POCO!
¡POP, POP!
¡AHÍ ESTÁ! ¡ES MI GRAN OPORTUNIDAD!
¡TOMA BUJÍA "MORTADÉLEZ"! ¡JI, JI! ¡DAN MÁS POTENCIA AL MOTOR DE EXPLOSIÓN!
POP
PUES SÍ QUE DAN POTENCIA A LA EXPLOSIÓN, SÍ... ¡JE, JE!
¡BOOM!
VAYA; PARECE QUE NO TE GUSTA TCHAIKOVSKY, ¿EH? ¡A LO MEJOR PREFERÍAS UN "ROCK"!
¡REMÚLEZ!
¡PUES TOMA "ROCK"!
¡BURRO!
¡RAYOS; AHÍ ESTÁ EL SER ODIADO! ¡SE LE HABRÁ ENFRIADO LA MAGNETO!
¡PUES TOMA; PARA QUE SE TE VUELVA A CALENTAR!
H
¡MORTADELO; YA ESTÁ RESUELTO EL ASUNTO DEL FALSO FILEMÓN-MOTOCICLETA!
YENDO A MÁS DE CIEN, SE LA HA PEGADO CONTRA LA CAJA FUERTE. ¡JA JA! ¡DESCUAJARINGADO DEL TODO!
¡RAYOS! PERO ENTONCES, ÉSE... ÉSE...
¡BOOM!
¿QUÉ HA SIDO ESO?
¡MI... MI PASAPORTE PARA LA ETERNIDAD, SEÑOR "SÚPER"!
¡MORTADELOOO! ¡MORTADELÍIIIN! ¿DÓNDE ESTÁ, MAJOOO...?
¡EH, OIGA! ¿QUÉ HACE AQUÍ DENTRO?
¡USTED CALLE Y DESCANSE EN PAZ, CORCHO!
R.I.P.

¿Y USTED CREE QUE ME DEJARÁ UNA NARICILLA CHATILLA Y RESPINGONA?
¡SEÑORA MARQUESA! EL DOCTOR ESCÁRPIEZ ES EL MEJOR CIRUJANO ESTÉTICO DEL MUNDO.
TODO A PUNTO PARA LA OPERACIÓN, DOCTOR ESCÁRPIEZ.
YA VERÁ, YA VERÁ CON QUÉ DELICADEZA LE ACORTARÁ LA NARIZ Y...
¡ÑAC!
¡UAAAAH!
¡MI NARIZ! ¡AY! ¡ME LA HA DEJADO COMO UNA MORCILLA DE CEBOLLAAAA!
¡DOCTOR ESCÁRPIEZ!
¡GRONF, GRONF, GRONF!
25-A.
¡MORTADELO! ¡FILEMÓN! ¡PRESÉNTENSE AQUÍ COMO UN RAYO!
¡AQUÍ ESTÁ MORTADELO DISFRAZADO DE CHISPAZO!
¡MUY GRACIOSO!
¡GRRR!
¿Y DÓNDE ESTÁ EL SEÑOR FILEMÓN?
¡BRRROM!
¡RAYOS! PERO, ¿QUÉ...?
¡JI, JI! ¡YA SE SABE QUE AL RAYO SIEMPRE LE SIGUE EL TRUENO!
¿QUÉ TRUENO NI QUÉ...? ¡GRFLGLG! ¡ESTABA PROBANDO UN NUEVO INVENTO DEL PROFESOR BACTERIO...!
¡EL MECHERO SUPER SILENCIOSO!
¡BIEN, PRESTEN ATENCIÓN, Y USTED DEJE DE REÍR COMO UN DESCOSIDO!
COMUNICAN DE LA CLÍNICA PELLEJÚDEZ QUE EL CIRUJANO ESCÁRPIEZ SE COMPORTA COMO UN MONO Y LES MUERDE LA NARIZ A SUS PACIENTES, CONFUNDIÉNDOLAS CON PLÁTANOS...
¡PERO SABEMOS QUE EL TAL ESCÁRPIEZ ESTÁ TRATANDO DE ARREGLAR LOS DIENTES DEL PRESIDENTE CARTER, O SEA QUE TIENE TRABAJO PARA AÑOS!
25-B.

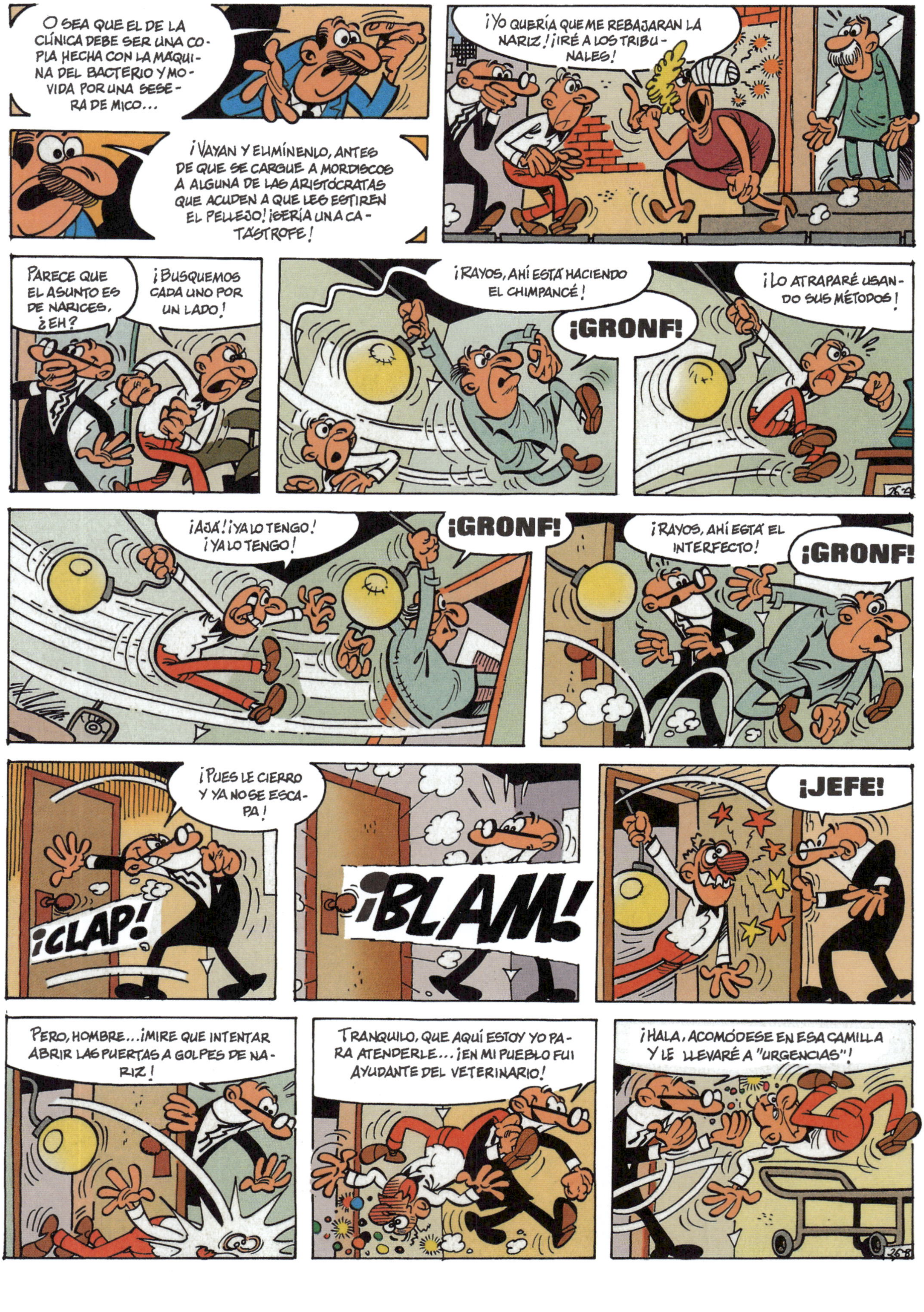
O SEA QUE EL DE LA CLÍNICA DEBE SER UNA COPIA HECHA CON LA MÁQUINA DEL BACTERIO Y MOVIDA POR UNA SESERA DE MICO...
¡VAYAN Y ELIMÍNENLO, ANTES DE QUE SE CARGUE A MORDISCOS A ALGUNA DE LAS ARISTÓCRATAS QUE ACUDEN A QUE LES ESTIREN EL PELLEJO! ¡SERÍA UNA CATÁSTROFE!
¡YO QUERÍA QUE ME REBAJARAN LA NARIZ! ¡IRÉ A LOS TRIBUNALES!
PARECE QUE EL ASUNTO ES DE NARICES, ¿EH?
¡BUSQUEMOS CADA UNO POR UN LADO!
¡RAYOS, AHÍ ESTÁ HACIENDO EL CHIMPANCÉ!
¡GRONF!
¡LO ATRAPARÉ USANDO SUS MÉTODOS!
¡AJÁ! ¡YA LO TENGO! ¡YA LO TENGO!
¡GRONF!
¡RAYOS, AHÍ ESTÁ EL INTERFECTO!
¡GRONF!
¡PUES LE CIERRO Y YA NO SE ESCAPA!
¡CLAP!
¡BLAM!
¡JEFE!
PERO, HOMBRE... ¡MIRE QUE INTENTAR ABRIR LAS PUERTAS A GOLPES DE NARIZ!
TRANQUILO, QUE AQUÍ ESTOY YO PARA ATENDERLE... ¡EN MI PUEBLO FUI AYUDANTE DEL VETERINARIO!
¡HALA, ACOMÓDESE EN ESA CAMILLA Y LE LLEVARÉ A "URGENCIAS"!

EN MARCHA... ¡USTED RESPIRE HONDO, QUE EL AIRE ES GRATIS!
MORTADELO... ¿LE IMPORTARÍA DETENERSE UN MOMENTO, POR FAVOR?
¡AH! ¡ES LA VOZ DEL JEFE, PERO NO ESTÁ! ¡SE HA VUELTO INVISIBLE!
¡DEJE DE DECIR BURRADAS Y BÁJESE DE MIS INTESTINOS, DESGRACIADO!
¿NO VE QUE ESTE ARMAZÓN NO TIENE PUESTA LA CAMILLA? ¡ME HE PEGADO EL COSTALAZO PADRE!
¡GJJJJ!
¡GRONF!
¡MIRE, MIRE, ES EL CIRUJANO ESCÁRPIEZ!
¡GRONF!
¡GRONF!
¡RÁPIDO, VAMOS TRAS ÉL!
¡NO MIRE HACIA ABAJO! ¡PODRÍA DARLE VÉRTIGO Y PRECIPITARSE AL VACÍO!
¡ME... ME TIEMBLAN LAS PIERNAS... VOY A CAER...
¡AGUANTE, LOCO! ¡QUE ES LA MUERTE SEGURA!
¡NO... NO RESISTO MÁS! ¡AAAAH!
¡YO NO PUEDO VERLO! ¡ADIÓS, AMIGO! ¡HERMANO!
OIGA, JEFE... ¿PODRÍA CONTESTARME A UNA PREGUNTA?
¿QUÉ... QUÉ...?
¿POR QUE ES USTED TAN BURRO?
¡VENGA, SALTE Y LO PERSEGUIREMOS POR AQUÍ ABAJO, QUE ES MÁS SEGURO!
SÍ...
¡AING!
F. Ibáñez

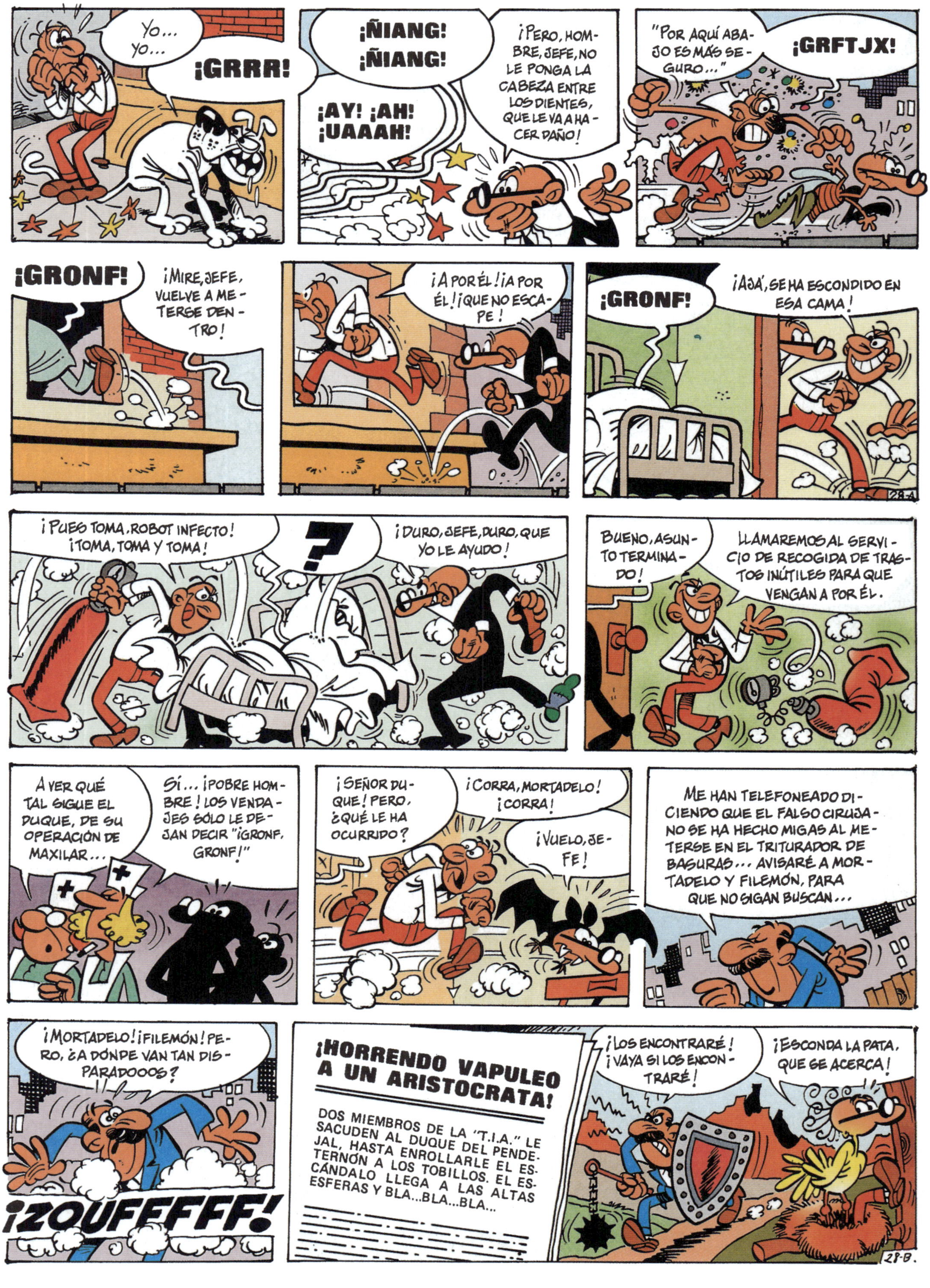
YO... YO...
¡GRRR!
¡ÑIANG! ¡ÑIANG!
¡AY! ¡AH! ¡UAAAH!
¡PERO, HOMBRE, JEFE, NO LE PONGA LA CABEZA ENTRE LOS DIENTES, QUE LE VA A HACER DAÑO!
"POR AQUÍ ABAJO ES MÁS SEGURO..."
¡GRFTJX!
¡GRONF!
¡MIRE, JEFE, VUELVE A METERSE DENTRO!
¡A POR ÉL! ¡A POR ÉL! ¡QUE NO ESCAPE!
¡GRONF!
¡AJÁ, SE HA ESCONDIDO EN ESA CAMA!
28-A
¡PUES TOMA, ROBOT INFECTO! ¡TOMA, TOMA Y TOMA!
?
¡DURO, JEFE, DURO, QUE YO LE AYUDO!
BUENO, ASUNTO TERMINADO!
LLAMAREMOS AL SERVICIO DE RECOGIDA DE TRASTOS INÚTILES PARA QUE VENGAN A POR ÉL.
A VER QUÉ TAL SIGUE EL DUQUE, DE SU OPERACIÓN DE MAXILAR...
SÍ... ¡POBRE HOMBRE! LOS VENDAJES SÓLO LE DEJAN DECIR "¡GRONF, GRONF!"
¡SEÑOR DUQUE! PERO, ¿QUÉ LE HA OCURRIDO?
¡CORRA, MORTADELO! ¡CORRA!
¡VUELO, JEFE!
ME HAN TELEFONEADO DICIENDO QUE EL FALSO CIRUJANO SE HA HECHO MIGAS AL METERSE EN EL TRITURADOR DE BASURAS... AVISARÉ A MORTADELO Y FILEMÓN, PARA QUE NO SIGAN BUSCAN...
¡MORTADELO! ¡FILEMÓN! PERO, ¿A DÓNDE VAN TAN DISPARADOOOS?
¡ZOUFFFFF!
¡HORRENDO VAPULEO A UN ARISTOCRATA!
DOS MIEMBROS DE LA "T.I.A." LE SACUDEN AL DUQUE DEL PENDEJAL, HASTA ENROLLARLE EL ESTERNÓN A LOS TOBILLOS. EL ESCÁNDALO LLEGA A LAS ALTAS ESFERAS Y BLA...BLA...BLA...
¡LOS ENCONTRARÉ! ¡VAYA SI LOS ENCONTRARÉ!
¡ESCONDA LA PATA, QUE SE ACERCA!
28-B

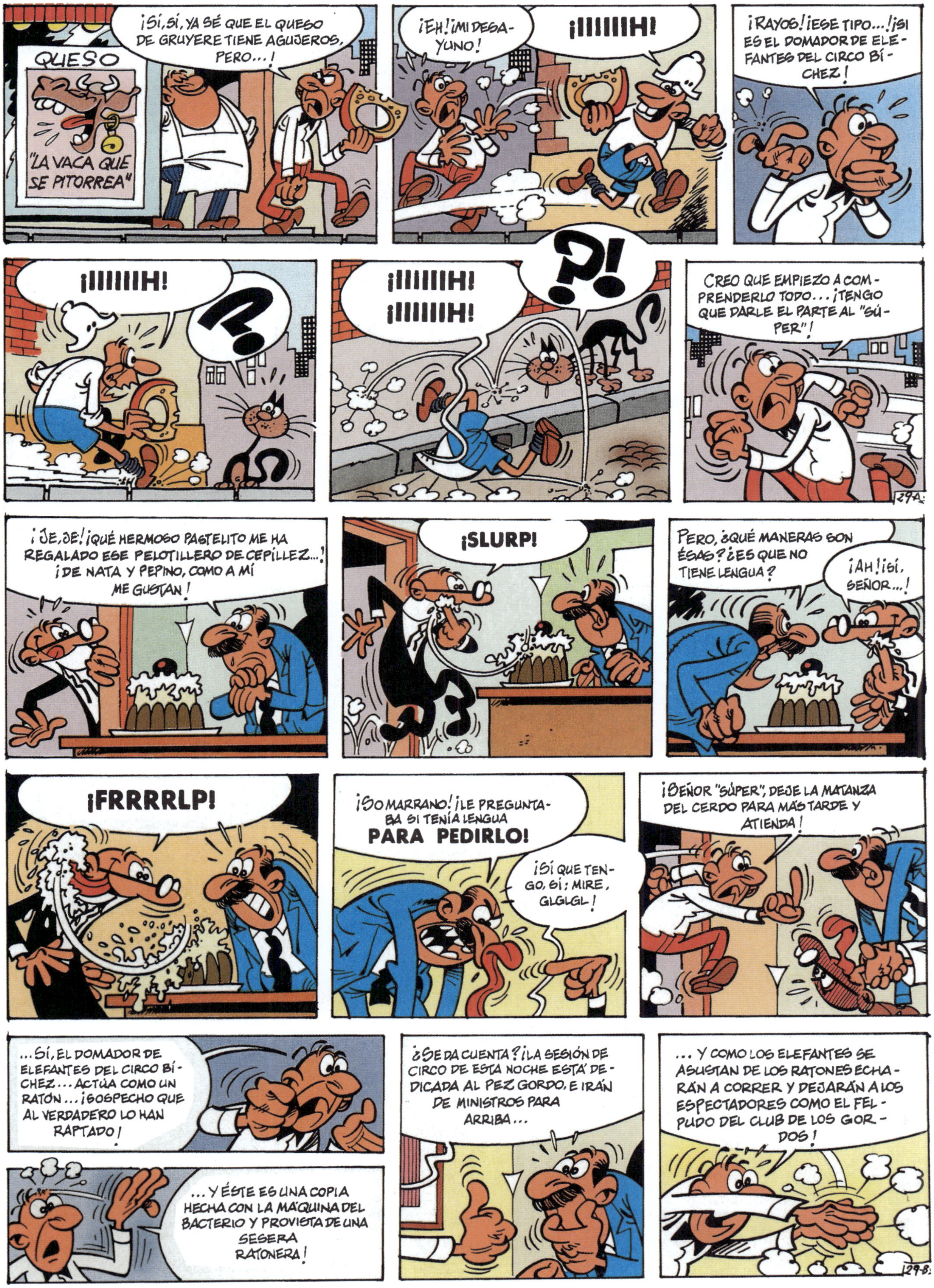
QUESO
"LA VACA QUE SE PITORREA"
¡Sí, sí, ya sé que el queso de gruyere tiene agujeros, pero...!
¡Eh! ¡Mi desayuno!
¡IIIIIIIH!
¡Rayos! ¡Ese tipo...! ¡Si es el domador de elefantes del circo Bíchez!
¡IIIIIIH!
?
¡IIIIIIIH! ¡IIIIIIIH!
?!
Creo que empiezo a comprenderlo todo... ¡Tengo que darle el parte al "Súper"!
¡Je, je! ¡Qué hermoso pastelito me ha regalado ese pelotillero de Cepillez...! ¡De nata y pepino, como a mí me gustan!
¡SLURP!
Pero, ¿qué maneras son ésas? ¿Es que no tiene lengua?
¡Ah! ¡Sí, señor...!
¡FRRRRLP!
¡So marrano! ¡Le preguntaba si tenía lengua PARA PEDIRLO!
¡Sí que tengo, sí: mire, glglgl!
¡Señor "Súper", deje la matanza del cerdo para más tarde y atienda!
...Sí, el domador de elefantes del circo Bíchez... actúa como un ratón... ¡Sospecho que al verdadero lo han raptado!
...Y éste es una copia hecha con la máquina del Bacterio y provista de una sesera ratonera!
¿Se da cuenta? ¡La sesión de circo de esta noche está dedicada al pez gordo, e irán de ministros para arriba...
...Y como los elefantes se asustan de los ratones echarán a correr y dejarán a los espectadores como el felpudo del club de los gordos!

¡RAYOS, HAY QUE EVITARLO! ¡VAYAN ALLÍ Y DESTRUYAN ESA COPIA RATONERA!
PERO, SEÑOR "SÚPER", YO CREO QUE ESTE ASUNTO PODRÍA RESOLVERLO LA MAR DE BIEN USTED SOLITO...
¿YOOO? ¿POR QUÉ?
HOMBRE, COMO EL JEFE SIEMPRE DICE QUE ES USTED UNA RATA, PUES ENTRE RATA Y RATÓN PODRÍAN LLEGAR A UN ACUERDO Y...
"EL JEFE DICE, EL JEFE DICE..." ¡LE VOY A ENSEÑAR A CONTAR CHISTES, COMADRE!
¡JO, TÍO! ¡QUÉ GENIO MÁS TONTO TIENE!
AHÍ ESTÁ EL CIRCO... ¿SE LE OCURRE ALGUNA IDEA?
¡SÍ, JEFE! ¡YO ME VOY HACIA ÉL, DISFRAZADO DE GATO...
...LE HAGO SALIR DISPARADO, Y ENTONCES USTED LO AGARRA Y SE DESPACHA A GUSTO!
¡ESO!
¡SAPRISTI!
¡GUA! ¡GUA!
¡GRRR!
¡ARGN!
¡GÑA!
¡SOCORROOO!
¡MORTADELO! PERO, ¿QUÉ HA PASADO?
¡NO ME HABLE! ¡JUSTO AHORA TENÍAN QUE ESTAR ENSAYANDO EL NÚMERO DE LOS PERROS SALVAJES AUSTRALIANOS!
¡BUENO, DÉJESE DE CARRERITAS! ¡HAY QUE ATRAPAR A ESE FALSO DOMADOR DE ELEFANTES!
LO ENLAZARÉ COMO A UN TERNERO. ¡JE, JE! ¡ESTA CUERDA ME SERVIRÁ!
¡ZIP!
¡CLOMPF!

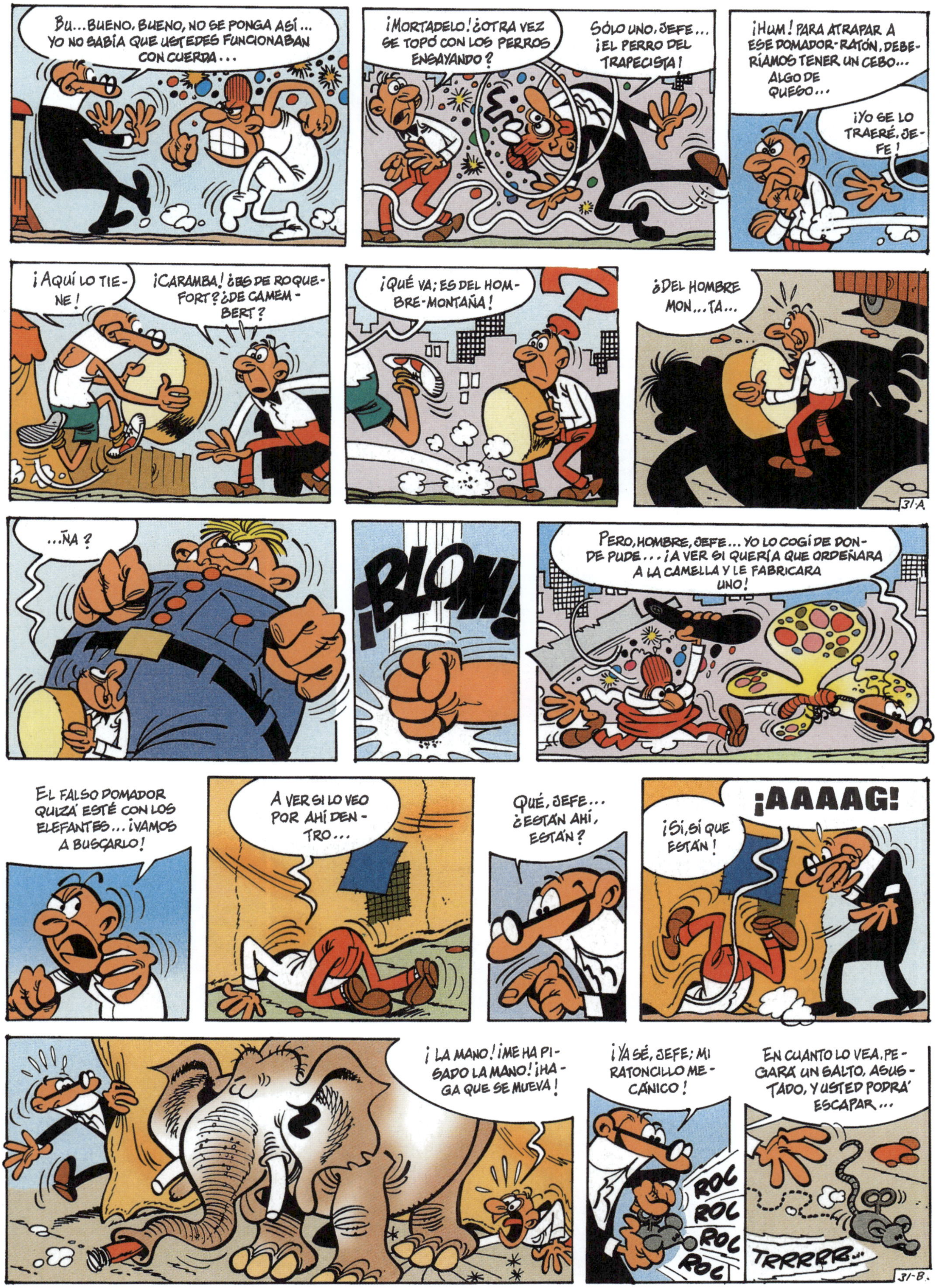
BU... BUENO, BUENO, NO SE PONGA ASÍ... YO NO SABÍA QUE USTEDES FUNCIONABAN CON CUERDA...
¡MORTADELO! ¿OTRA VEZ SE TOPÓ CON LOS PERROS ENSAYANDO?
SÓLO UNO, JEFE... ¡EL PERRO DEL TRAPECISTA!
¡HUM! PARA ATRAPAR A ESE DOMADOR-RATÓN, DEBERÍAMOS TENER UN CEBO... ALGO DE QUESO...
¡YO SE LO TRAERÉ, JEFE!
¡AQUÍ LO TIENE!
¡CARAMBA! ¿ES DE ROQUEFORT? ¿DE CAMEMBERT?
¡QUÉ VA: ES DEL HOMBRE-MONTAÑA!
¿DEL HOMBRE MON... TA...
31-A
...ÑA?
¡BLOM!
PERO, HOMBRE, JEFE... YO LO COGÍ DE DONDE PUDE... ¡A VER SI QUERÍA QUE ORDEÑARA A LA CAMELLA Y LE FABRICARA UNO!
EL FALSO DOMADOR QUIZÁ ESTÉ CON LOS ELEFANTES... ¡VAMOS A BUSCARLO!
A VER SI LO VEO POR AHÍ DENTRO...
QUÉ, JEFE... ¿ESTÁN AHÍ, ESTÁN?
¡AAAAG!
¡SÍ, SÍ QUE ESTÁN!
¡LA MANO! ¡ME HA PISADO LA MANO! ¡HAGA QUE SE MUEVA!
¡YA SÉ, JEFE: MI RATONCILLO MECÁNICO!
ROC ROC ROC ROC
EN CUANTO LO VEA, PEGARÁ UN SALTO, ASUSTADO, Y USTED PODRÁ ESCAPAR...
TRRRRR...
31-B

¡PWAAA!
¡BLOF!
TRRRR
ME SÉ DE UNO QUE HA HECHO CHO OPOSICIONES A DIFUNTO... ¡Y LAS HA GANADOOO!
¡CÁLMESE, CORCHO! ¡LA INTENCIÓN ERA BUENAAAA!
¡IIIIIIH!
¡AH, EL DOMADOR-RATÓN! ¡POR AHÍ VA!
¡DÉJEMELO A MÍ, JEFE! ¡PRECISAMENTE LLEVO UN RATICIDA QUE ES CANELA FINA!
32-A
¡BOOM!
¿QUÉ LE PARECE? ¡ÉSE NO VUELVE A ROER!
¡PWAAA!
¡PWEEET!
¡PWOUUU!
¡RAYOS, MIRE, LA EXPLOSIÓN HA ASUSTADO A LOS ELEFANTES! ¡SE VAN DISPARADOS!
VOY A VER QUÉ HACEN MORTADELO Y FILEMÓN. Y DE PASO, LES DARÉ RABIA CON MI NUEVO DEPORTIVO EXTRA-PLANO. ¡JE, JE, JE...!
¡JJJJ...!
¡PWOOO!
¡PWAUUT!
¡PWEEET!
"EXTRA-PLANO..."
¡GRFTJX!
¡MORTADELÍIIIN! ¡FILEMONCIIIILLO!
¡AY!
?
¡ME HA CLAVADO UN ALFILER EN EL OJO!
¡CHISSST! ¡CIERRE EL PICO, QUE SE ACERCA!
F. Ibáñez
32-B

¡SE VA A INICIAR LA PRUEBA DE LOS CIEN METROS LISOS! ¡CON EL NÚMERO SIETE, ARDILLEZ, EL FAVORITO, QUE SALDRÁ COMO UNA BALA Y...!
¡PAM!
¡PUES NO; MÁS BIEN SALE COMO UN CARACOL... Y REUMÁTICO...!
¡LA GRAN CARRERA CABALLUNA VA A EMPEZAR! ¡TODOS LOS PRONÓSTICOS SON FAVORABLES A "RELINCHO III" MONTADO POR SALUSTINO ESPUELA, QUE...!
¡PAM!
¡IIIIIIH!
¿?
¡NO... NOS TEMEMOS QUE SALUSTINO ESPUELA HA SUFRIDO UNA LAMENTABLE CONFUSIÓN...!
¡SALTOS DE TRAMPOLÍN! ¡EL GRAN RENACUAJEZ VA A DAR SU SALTO DEL ÁNGEL Y...!
33A
¡RAYOS; PUES HA DADO EL SALTO DE LA URRACA! ¡Y POR EL LADO OPUESTO!
¡GRRRÑECK!
¡CRONCH!
¡HALA; ACABA DE ABRIR UN CRÁTER JUNTO A LA BASE DEL TRAMPOLÍN, COMO PARA INICIAR LAS OBRAS DEL "METRO"!
¡SU POLO, SEÑOR "SÚPER"!
¡YA ERA HORA! TENGO UN CALOR...
¡SLURRRP, CHUP, CHUP, FRRLLP!
¿POR QUÉ SE LO HAN DADO SIN ENVOLVER? ¡SLURP! ¿ES QUE ESTÁN DE ECONOMÍAS?
NO, SEÑOR "SÚPER"; LO HE DESENVUELTO YO...
...PARA PASÁRSELO AL PERRO POR EL HOCICO, ¿SABE? ¡ES QUE LE ARDE, AL POBRE!
COMO PILLÓ EL MOQUILLO, SE VE QUE TIENE FIEBRE Y...
PERO, SEÑOR "SÚPER"... ¡SI HAN SIDO SÓLO CUATRO RESTREGONES! ¡Y, ADEMÁS, LUEGO SE LO HE LIMPIADO CON LA BAYETA DE FREGAAAR!
¡RIIIING!
33-B.

¡DIGA! ¿LA ZONA DEPORTIVA...? SÍ... SÍ... ¡RAYOS; EN SEGUIDA ENVÍO A DOS AGENTES!
¡HOLA, SEÑOR "SÚPER"! ¿HA VISTO? ¡ESTOY REPINTANDO TODOS LOS TELÉFONOS, PARA QUE PAREZCAN NUEVOS Y...!
¡ANIMAL DE BELLOTA!
¡TIENEN QUE IR DISPARADOS A LA INSTALACIONES DEPORTIVAS!
ME TEMO QUE VARIOS CAMPEONES HAN SIDO RAPTADOS Y SUPLANTADOS POR COPIAS DE LA MÁQUINA DEL BACTERIO...
¡UNO ACTÚA COMO UN CARACOL; OTRO, COMO UN BURRO DE CARGA; OTRO, COMO UNA VULGAR URRACA!
¡DEBEN LIBERAR A LOS RAPTADOS Y DESTRUIR ESAS COPIAS RIDÍCULAS! ¡HALA; AL TAJO!
TCHAC
34-A
COMO UN CARACOL, COMO UN BURRO DE CARGA, COMO UNA URRACA... ¡PUES YO DIRÍA QUE ACTÚAN COMO SIEMPRE, JEFE!
ZONA DEPORTIVA
GRADA PRINCIPAL
DE TODAS MANERAS, LA GENTE EMPIEZA A INTERESARSE POR EL ATLETISMO, ¿EH? ¡MENUDO LLENAZO!
A LO MEJOR LOS TIENEN METIDOS EN ESE EDIFICIO. PODRÍAMOS ENTRAR POR LA VENTANA Y...
¡Y NOS PARTIMOS UN HUESO AL CAER! ¡QUITE, QUITE!
¡NO SUFRA, JEFE! ¡MIRE QUÉ COLCHONETA MÁS GORDA!
¡LA PONDREMOS DEBAJO, POR SI ACASO!
¡AAAAG!
¡CRONCH!
34-B

¡CARAMBA! ¿ESTÁ HACIENDO HOYOS PARA PLANTAR GLADIOLOS? ¿Y NO LE SERÍA MÁS PRÁCTICO UTILIZAR UN AZADÓN?
¡NUESTRO MEJOR SALTADOR CON PÉRTIGA! ¡YO LO MATOOO!
¿POR QUÉ? ¿QUÉ LE HA HECHO? ¿NO DICE QUE ES EL MEJOOOR?
¿SABE QUÉ, JEFE? ¡LO MEJOR SERÁ DERRIBAR LA PUERTA DE UN BOMBAZO Y ENTRAR EN TROMBA!
POP
¿ESTÁ LOCO? ¡NO JUEGUE CON ESOS TRASTOS, DESGRACIADOOO!
PAF
¡RAYOS! ¡DOS PELOTAS! ¿DE DÓNDE HA SALIDO LA OTRA...?
PLAC
35-A
¡ESTE MORRANTES LAS DEVUELVE COMO UN CAÑONAZO...!
¡BOOM!
¡BLOF!
¡E... EL TENISTA NÚMERO UNO! ¡HECHO CARBONILLA! ¡YO LO ESTRANGULOOO!
¿SABE QUE TIENE USTED UNOS "HOBBYS" ALGO BESTIAJOS?
CHIN CHIN CHIN CHIN CHIN CHIN
¡MIRE ESE TABLÓN, JEFE! ¡LO HAREMOS SERVIR DE ARIETE PARA DERRIBAR LA PUERTA!
¡ADELANTEEE!
¿PERO, QUÉ HACEN ESOS LOCOS? ¡SALGAN DE LA PISTA DE LANZAMIENTO DE MARTILLOOO!
35-B

¡CLOC!
¡BOING!
¡PUMBA!
¡EL CAMPEÓN DE LANZAMIENTO, DESCALABRADO! ¡GRFTJX! ¿SABEN LO QUE VOY A HACERLEEES?
¡PONGA TIERRA POR MEDIO, JEFE! ¡NO IMAGINA CUÁLES SON LAS AFICIONES DE ESE TIPO!
¡MMMM...!
¡MIRE, JEFE; LOS RAPTADOS! ¡LOS TIENEN EN ESE BARRACÓN!
36-A
¡ÉCHENSE PARA UN LADO! ¡DESCERRAJARÉ LA PUERTA Y LES LIBERTAREMOS!
¡BANG!
BAOUMM!!
YA... YA LOS HEMOS LIBERTADO... ¡JE, JE!
¿PERO QUÉ HAN HECHO, DESGRACIADOOOS?
¡EN ESE BARRACÓN SE GUARDABAN LAS BOMBONAS DE GAS "ZUTANO" PARA LA CALEFACCIÓN! ¡LOS TRES CAMPEONES, DESCUAJARINGADOOOS!
BU... BUENO; POR LO MENOS, HAN BATIDO EL RECORD DEL SALTO DE ALTURA...! ¡JE, JE!
¡AGRESIONES ESPANTOSAS!
¡CAFRERÍA EN LA ZONA DEPORTIVA!
VAN A SALVAR A TRES CAMPEONES... ¡Y SE CARGAN A SEIS! LOS CAUSANTES DEL ATROPELLO SON BUSCADOS HASTA POR LAS ALCANTARILLAS Y BLA... BLA...BLA...
¡YA LOS ENCONTRAREMOS, YA!
SÍ, PERO RECUERDE EL PACTO, ¿EH? ¡ANTES DE LLEVÁRSELOS, ME LOS PRESTA MEDIA HORITA!
¡SE ACERCAN, SE ACERCAN!
¡CÁLLESE LA BOCA, JEFE! COMO LE OIGA ESE PROVEEDOR DE CEMENTERIOS...
36-B

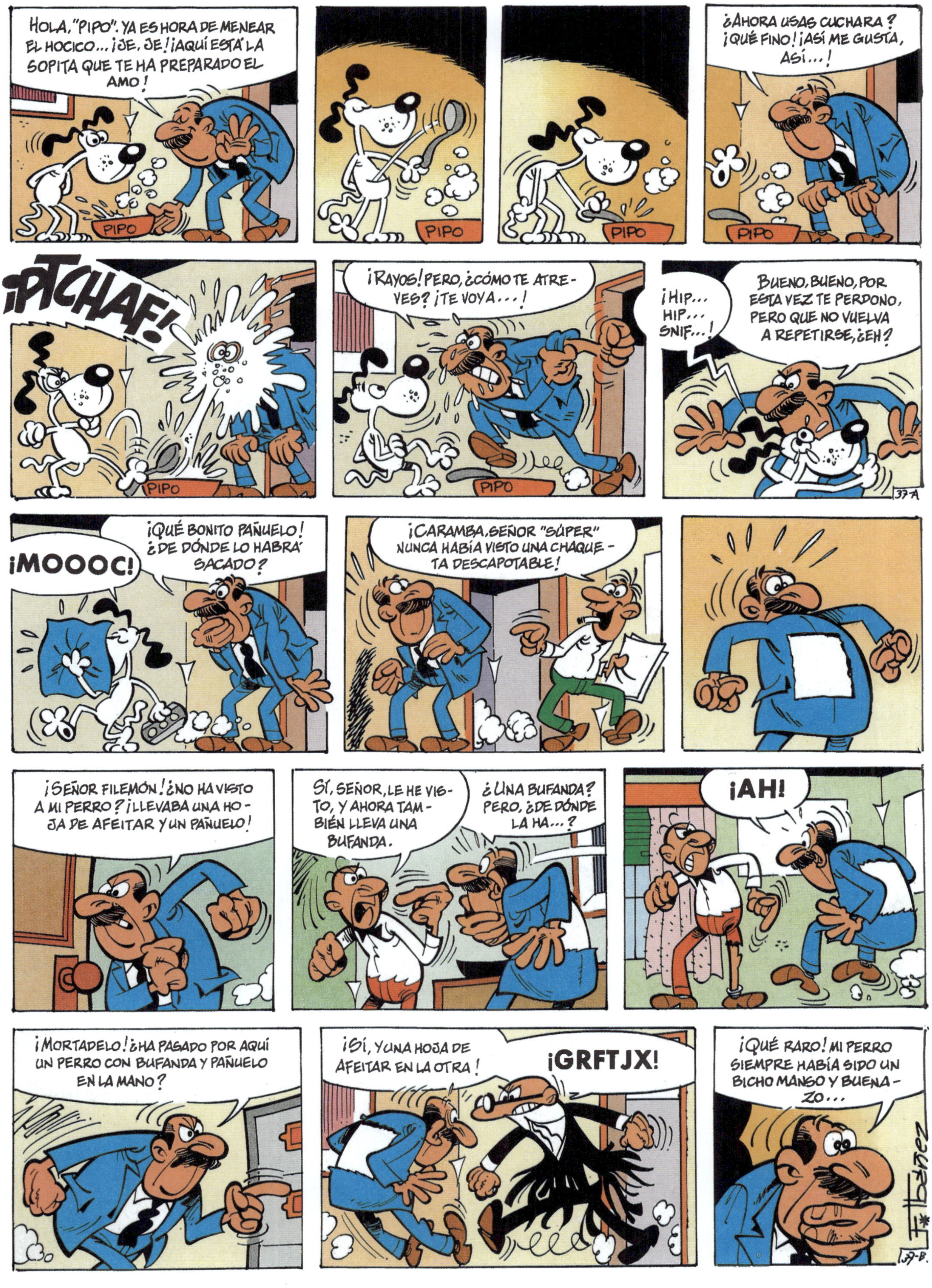

HOLA, "PIPO". YA ES HORA DE MENEAR EL HOCICO... ¡JE, JE! ¡AQUÍ ESTÁ LA SOPITA QUE TE HA PREPARADO EL AMO!
PIPO
PIPO
PIPO
¿AHORA USAS CUCHARA? ¡QUÉ FINO! ¡ASÍ ME GUSTA, ASÍ...!
PIPO
¡PTCHAF!
PIPO
¡RAYOS! PERO, ¿CÓMO TE ATREVES? ¡TE VOY A...!
PIPO
¡HIP... HIP... SNIF...!
BUENO, BUENO, POR ESTA VEZ TE PERDONO, PERO QUE NO VUELVA A REPETIRSE, ¿EH?
37-A
¡MOOOC!
¡QUÉ BONITO PAÑUELO! ¿DE DÓNDE LO HABRÁ SACADO?
¡CARAMBA, SEÑOR "SÚPER" NUNCA HABÍA VISTO UNA CHAQUETA DESCAPOTABLE!
¡SEÑOR FILEMÓN! ¿NO HA VISTO A MI PERRO? ¡LLEVABA UNA HOJA DE AFEITAR Y UN PAÑUELO!
SÍ, SEÑOR, LE HE VISTO, Y AHORA TAMBIÉN LLEVA UNA BUFANDA.
¿UNA BUFANDA? PERO, ¿DE DÓNDE LA HA...?
¡AH!
¡MORTADELO! ¿HA PASADO POR AQUÍ UN PERRO CON BUFANDA Y PAÑUELO EN LA MANO?
¡SÍ, Y UNA HOJA DE AFEITAR EN LA OTRA!
¡GRFTJX!
¡QUÉ RARO! MI PERRO SIEMPRE HABÍA SIDO UN BICHO MANSO Y BUENAZO...
F. Ibáñez
37-B

¡RAYOS, YA LO ENTIENDO! ¡ESE PERRO NO ES MI PERRO! ¡HABRÁN SACADO UNA COPIA CON LA MÁQUINA DEL BACTERIO!
¡Y LE HABRÁN ENCASQUETADO EL ENCEFALOGRAMA DE ALGÚN GAMBERRO PARANOICO!
¡ESTO ES UN PELIGRO PARA LA ORGANIZACIÓN! ¡ENCUENTREN ESA COPIA PERRUNA Y DESTRÚYANLA, DESTRÓCENLA, PULVERÍCENLA!
¡MIRE, JEFE, AHÍ LO TENEMOS!
PODEMOS CONECTARLE ELECTRODOS Y SOLTARLE UNA DESCARGA TRIFÁSICA DE DIEZ MIL AMPERIOS QUE...
¡QUITE, QUITE; NO SE COMPLIQUE LA VIDA!
A ÉSTE LE RETUERZO SIMPLEMENTE EL PESCUEZO Y...
38-A
Y...Y...
TIC TAC TIC TAC TIC
¡BOOM!
¡BUSQUE AL CHUCHO, QUE YO VOY A POR LOS ELECTRODOS! ¡LE VOY A ENCAJAR CIEN MIL VOLTIOS EN TODO EL OMBLIGO!
¡BUENO, BIEN MIRADO CREO QUE BASTARÁ CON UNA INOCENTE MORCILLA...
...COLOCADA SOBRE UN CEPO DE CAZAR RINOCERONTES! ¡JE JE!
¡ÑAM, ÑAM...!
¡CLAP!
¡JEFE! ¿TIENE YA A PUNTO ESOS ELECTRODOS?
¡BRRR! DICEN EN EL ALMACÉN DE MATERIAL ELÉCTRICO, QUE SÓLO LES QUEDAN VELAS DE SEBO DE CABRA...
¡NO SE PREOCUPE! YO FUI TRAMPERO EN NEBRASKA... ¡LE PREPARARÉ UNA TRAMPA FATAL!
38-B

UN PERRO SIEMPRE ES UN PERRO, ASÍ QUE ACUDIRÁ A VENTILARSE EL HUESO...
...Y EN CUANTO LO MENEE...
¡ZAS!
¡MAGNÍFICO! YO VERÉ EL ESPECTÁCULO ESCONDIDO AQUÍ DETRÁS. ¡JE, JE!
¡VA A SER ALGO GRANDIOSO, DETONANTE, EXPLOSIVO...!
¡RAYOS!
¡BANG!
¡PLIC!
39A
¡TCHAC!
HOMBRE, JEFE... NO ME MIRE ASÍ... LA CULPA ES SUYA, POR METER LA NARIZ EN TODAS PARTES...
¡TENGO OTRA IDEA, JEFE! ¡EL DETECTOR LANZALLAMAS!
¿VE? FUNCIONA CON PILAS Y EN CUANTO DETECTA UN LADRIDO, SE GIRA HACIA EL PERRO Y ¡FLASH! ¡LO DEJA FRITO!
ESA GUADALUPE, LA MUJER DE LA LIMPIEZA, TIENE ALGO DESCUIDADILLO MI DESPACHO... HABRÁ QUE LLAMARLE LA ATENCIÓN...
¡GUADALUPE!
¡GUADALUPE!
¡GUA...
¡FLOASH!
¿HA OÍDO? ¡YA SE ACHICHARRÓ ESE BESTIAJO INMUNDO!
¡VAMOS A VERLO, VAMOS!
39-B

¡SE...SEÑOR SÚPER!
DESDE LUEGO, EL HOMBRE TIENE GENIO DURO, ¿EH?
PSCHE... ¡LO QUE TIENE DURO ES ESE BASTÓN DE PINO GALLEGO!
¡AH, YA SÉ, EL PALO! ¡SI SE TIRA UN PALO, EL PERRO SIEMPRE VA A BUSCARLO...
... Y SI EL PALO HA CAÍDO JUNTO A UNA BOMBITA A PUNTO DE ESTALLAR... ¡JE, JE!
ROC ROC ROC
¡DÉJEME UN MOMENTO EL LÁPIZ, JEFE!
¿QUÉ...?
¡HALA, CHUCHO, VE A BUSCARLO!
¡MI LÁPIZ!
¡DESGRACIADO! PERO, ¿QUÉ SE HA CREÍDO? ¡UN LÁPIZ DE TRES DUROS!
¡VUELVA, JEFE! ¡VUELVAAAA!
TIC... TOC... TIC...
¡BOM!
YA VUELVE...
¡REPRÍMASE, JEFE! ¡MIRE; POR AHÍ VA LA COPIA DIABÓLICA!
TOC TOC TOC TOC
RATATATATATA
¡PUES TERMINEMOS DE UNA VEZ!
¡ESO ES! ¡TOMA SALCHICHAS, TOMA!
BOM BOM BOM BOM
¡NO BUSQUEN MÁS, CHICOS! ¡EL OBJETIVO SE ENREDÓ CON LAS PIERNAS DEL AGENTE PAQUIDÉRMEZ, QUE LE CAYÓ ENCIMA! ¡JE, JE! ¡MISIÓN TERMINADA!
¡AAAAAAAGH! ¡MI PERRO! ¿QUÉ LE HAN HECHO A MI PERROOO?
¿SE LO EXPLICAMOS, JEFE?
¡CALLE Y NADE, BOTARATE!

VIGILA BIEN, ¿EH? ¡VOY A PONER OTRA VEZ EN MARCHA LA MÁQUINA DE COPIAR GENTE!
¡O.K.!
REEC REEEC REEC
¡AGENTE SECRETO Z-28 A ENLACE! ¡HE DESCUBIERTO EL ESCONDRIJO DE LA MÁQUINA DE COPIAR GENTE! ¡CALLE BANANA, JUNTO AVENIDA DEL COCO!
¡AQUÍ ENLACE! ¡ENTENDIDO, PASO A INFORMAR AL CUARTEL GENERAL! ¡CAMBIO Y CORTO!
¿MORTADELO? ¡FILEMÓN AL HABLA! YA CONOZCO EL EMPLAZAMIENTO DE LA MÁQUINA... ¡VENGA INMEDIATAMENTE!
41-A
¡QUE LE DEN EN EL ALMACÉN UNO DE LOS NUEVOS Y SOFISTICADOS EQUIPOS DE ATAQUE, A LO HARREL - SON!
¡Y DE PASO QUE LE DEN UN FRASCO DE DESODORANTE!
¡YA ESTOY AQUÍ, JEFE!
¿LE HAN DADO UNO DE ESOS MODERNOS EQUIPOS DE ATAQUE?
¡QUÉ VA! DICEN QUE TODAVÍA PODEMOS TIRAR UN PAR DE AÑOS CON LOS VIEJOS...
CLOP CLOP TOCLOP CLOP
NO SE PREOCUPE... ¡AYER TOPÉ CON UN TIPO QUE ME VENDIÓ UNA METRALLETA DESMONTABLE!
NO HAY MÁS QUE ENSAMBLAR LAS PIEZAS SIGUIENDO LAS INSTRUCCIONES Y...
41-B

Y DIGA JEFE... ¿NUNCA LE HAN DADO EL DEL "TOCO-MOCHO"?
¡VÁYASE A HACER GÁRGARAS!
¡HUM! PRIMERO HABRÁ QUE ELIMINAR AL GUARDIÁN ESE...
¡DÉJEME HACER, JEFE! CON LA BRISA Y MI DISFRAZ DE BILLETE...
¡CORCHO! ¡UN VERDE!
¡QUÉ RARO! NUNCA VI UN BILLETE DE DIECISIETE CINCUENTA...
17'50
DIECISIETE CINCUENTA
17'50
¡PTAF!
42-A
¡JE! PARECE QUE EL DISFRAZ DE MORTADELO RESULTA...
¡GULI, GULI, GULI, GULI!
¿EH? ¡UN BILLETE!
¡JE, JE, JE! ¡OTRO QUE VA A PICAR!
PERO FALSO, EVIDENTEMENTE... ¡LLEVA LA EFIGIE DEL CHIMPANCÉ HEBREO!
¡ALCOHOL! ¿QUÉ...?
GLOP GLOP GLOP
¡ASÍ QUE ARDE, PAPELUCHO INMUNDO!
¡FLASH!
CREO QUE DEBERÍA TOMARSE UN DESCANSO, MORTADELO... ¡ESTA PROFESIÓN LE QUEMA A UNO!
YA ME ENCARGARÉ YO DE ESE OTRO FULANO.
¡HEP! ¡QUEDA DETENIDO!
¡RAYOS, UN "POLI"!
¡PUES DENTRO DE NADA, SERÁN SETENTA Y DOS TROCITOS DE "POLI"! ¡JE, JE, JE!
CONTARÉ LOS DIEZ SEGUNDOS REGLAMENTARIOS. ¡UNO, DOS, TRES, CUATRO, CINCO...!
42-B.

¡JA, JA, JA! ¡QUÉ INCULTO! ¡LA CUENTA SE HACE AL REVÉS! ¡CÓMO SE NOTA QUE NO SABE CONTAR HACIA ATRÁS! ¡NO SABE, NO SAAABE!
¡BRRR! ¡SI QUE SÉ! ¡Y MÁS QUE USTED! FÍJESE, FÍJESE... ¡DIEZ, NUEVE, OCHO, SIETE, SEIS...!
¡BOOM!
PUES SÍ QUE SABÍA...
¡VÍA LIBRE, MORTADELO! ¡ADENTROOO!
¡LA MÁQUINA! ¡Y ESTÁ FUNCIONANDO!
¡SAQUE LAS FOTOS Y AVERIGÜE A QUIÉN INTENTAN REPRODUCIR! ¡YO LO DESTRUIRÉ EN CUANTO APAREZCA!
FOTOS
ENCEFALOGRAMAS
BZZZ
CRUIC
CLONC
43-A
QUE... ¿LO CONOCE?
PUES SÍ, JEFE, PERO NO RECUERDO EL NOMBRE.
Y LO TENGO EN LA PUNTA DE LA LENGUA...
FOTOS
¡GRONF!
¡AH, YA ESTÁ! ¡"GORILUS BESTIAJUS AFRICANUS"!
¡Y MENUDA MALA IDEA, JEFE! ¡LE HAN ACOPLADO EL ENCEFALOGRAMA DEL ESTRANGULADOR DE BOSTÓN!
PLINC
PLINC
PLINC
PLINC
PLINC
¡JEFE! ¿NO ME PRESTA ATENCIÓN? LE DIGO QUE...
¡JEFE!
¡JEFEEEEE!
F. Ibáñez
¡PLOMB!
¡GLGLGL...!
43-B.

¡MIRE QUE NO ADVERTIRME QUE SE TRATABA DE UN GORILA!
HOMBRE, YA SABE QUE YO... LA GEOLOGÍA NO ES MI FUERTE...
¡ALTO; TENGO UNA IDEA PARA LIQUIDARLO! ¿LLEVA BALAS EN SU PISTOLA?
SÍ, CLARO...
¡PUES DÉSELA AL GORILA Y USTED USE LA MÍA, QUE ESTÁ DESCARGADA!
SE LE APOYA EN LA SIEN, APRIETA EL GATILLO Y EL GORILA, COMO ES UN MONO, TRATARÁ DE IMITARLE Y... ¡PUM! ¡FINITO!
¡BUENA IDEA!
LA COSA VA RESULTANDO. ¡JE, JE! AHORA APRIETO EL GATILLO Y...
¡BANG!
¡BANG!
¡SAPRISTI!
HOMBRE, JEFE; ESTA MEMORIA MÍA... ¡YA NO ME ACORDABA DE QUE QUEDABA UNA BALA EN LA RECÁMARA!
ROC
ROOOOC
BUENO, TELEFONEARÉ AL "SÚPER" DICIÉNDOLE QUE TENEMOS LA MÁQUINA.
¡YO LE PREPARARÉ UNA SORPRESITA A ESE CAMELLO DEL BACTERIO, QUE ORGANIZÓ TODO EL "SARAO"!
¡BIEN, POR FIN TENEMOS ESE ARMATOSTE INFERNAL!
¡Y ESTÁ FUNCIONANDO! ¿A QUIÉN REPRODUCE AHORA?
DING
TULIN
CLEC
CRRRUIC
¡AH!
SÍ, MORTADELO METIÓ LAS FOTOS DEL CANGREJO GIGANTE DE MADAGASCAR...
¡Y EL ENCEFALOGRAMA DEL BARBERO DE SEVILLA!
¡AY!
¡MI BARBA! ¡SE ACORDARÁ DE ESTO!
¡UAAAAAH!
¡RAAAAS!
FIN

NOTA DEL EDITOR:

Las escenas de acción de estas historietas han sido realizadas por profesionales de la T.I.A. Por favor, no lo intente en casa.

ACTIVIDADES

Tests

LOS INVENTOS DEL PROFESOR BACTERIO

¿De qué color es el "suplantón"?

- ☐ Negro
- ☐ Rojo
- ☐ Verde

¿Cómo consigue levitar Filemón?

- ☐ Tomando helio
- ☐ Con los zapatos antigravitores
- ☐ Subido a un globo invisible

¿Cómo se llama el tigre de Mortadelo?

- ☐ Esteban
- ☐ Shere Khan
- ☐ Rogelio

VERDADERO O FALSO: Las boinas electrónicas pueden volverte invisible

- ☐ Verdadero
- ☐ Falso

¿Cuál de estos medios de transporte no lleva ancla?

- ☐ Barco
- ☐ Avión
- ☐ Globo

¿Cuántos inventos prueban Mortadelo y Filemón en total?

- ☐ Diez
- ☐ Veinte
- ☐ Doce

¿A dónde se van de vacaciones después de probar todos los inventos?

- ☐ A la Luna
- ☐ A Torrevieja
- ☐ A la Costa Azul

LA MÁQUINA DE COPIAR GENTE

¿Qué cerebro mete el profesor Bacterio en la copia de Mortadelo?

- ☐ Jirafa
- ☐ Ratón
- ☐ Burro

¿Para qué es el primer reclamo que el profesor Bacterio da a los agentes?

- ☐ Para vampiros
- ☐ Para sirenas
- ☐ Para elefantes

¿Cómo se llama el perro del Súper?

- ☐ Pelusín
- ☐ Pipo
- ☐ Manchas

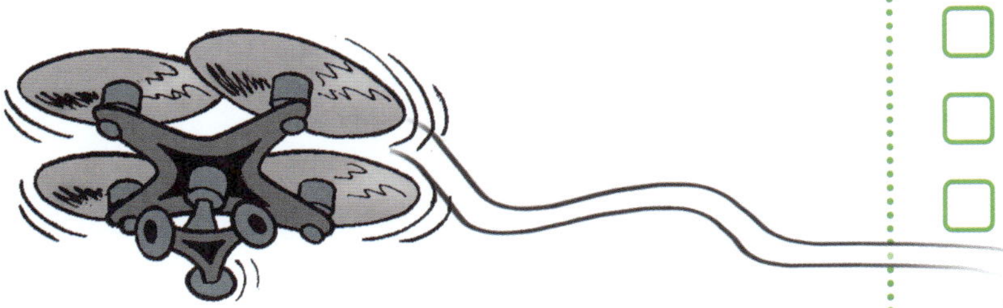

¿De qué se disfraza Mortadelo para cazar a la abuela judoka?

- ☐ De muro
- ☐ De gigante
- ☐ De delfín

¿Qué lleva el bocadillo favorito del Súper?

- ☐ Chocolate
- ☐ Garbanzos
- ☐ Jamón serrano

¿Cuál de estos no es un invento del profesor Bacterio?

- ☐ Mechero supersilencioso
- ☐ Collar antivampiros
- ☐ Reclamo de elefantes

¿De qué valor es el billete falso de Mortadelo?

- ☐ 0,33
- ☐ Medio millón
- ☐ 17,50

DIBUJANDO AL SÚPER

EMPEZAREMOS APRENDIENDO A DIBUJAR **LA CABEZA**

1.

DIBUJA A LÁPIZ
EL CONTORNO

ES COMO UNA ALUBIA

2.

AÑADE OJOS, NARIZ,
BOCA Y OREJAS.

OBSERVA ESA CARA DE MALAS PULGAS.

3.

AÑADE MÁS DETALLES
PRECISOS: BIGOTE,
CEJAS Y PELO.

FÍJATE EN EL PELO: SOLAMENTE APARECE ENCIMA DE SUS OREJAS.

ESE BIGOTAZO CONTRIBUYE A HACERLO MÁS SERIO.

4.

¡YA PUEDES
PASARLO A TINTA!

CONTINUAREMOS DIBUJANDO
EL CUERPO

1.

DIBUJA A LÁPIZ UN BOCETO MUY SIMPLE.

NUNCA SE LE VE LA BOCA, EXCEPTO CUANDO GRITA O RÍE.

SU CORBATA ES NEGRA Y SIEMPRE ESTÁ ARRUGADA.

2.

AÑADE DETALLES MÁS PRECISOS.

NUNCA LLEVA LA CHAQUETA ABROCHADA.

3.

REPASA CON TINTA.

DIBUJANDO A
BACTERIO

EMPEZAREMOS APRENDIENDO A DIBUJAR **LA CABEZA**

1.

DIBUJA A LÁPIZ UN ESBOZO DE SU CARA.

ESA NARIZ ES MUY ESPECIAL. OBSERVA SU PECULIAR FORMA.

2.

AÑÁDELE SU ESPESA BARBA.

3.

REPASA A TINTA AÑADIENDO MÁS DETALLES.

CUANDO RÍE, SUS OJOS SE CIERRAN.

RELLENA LA BARBA DE COLOR NEGRO.

FÍJATE ES ESTOS PELILLOS QUE SOBRESALEN.

TIENE POCOS DIENTES, PERO ENORMES.

CONTINUAREMOS DIBUJANDO
EL CUERPO

1.

DIBUJA A
LÁPIZ UN
BOCETO
MUY SIMPLE.

TIENE CHEPA,
SIEMPRE VA
INCLINADO
HACIA DELANTE.

2.

AÑADE MÁS
DETALLES
AL BOCETO
INICIAL.

FÍJATE EN QUE
LLEVA LAS MANOS
PEGADAS AL CUERPO,
NUNCA BAJA LOS
BRAZOS.

3.

¡YA PUEDES
PASARLO A TINTA!

¿CUÁNTO SABES

LAS UNIDADES DE MEDIDA

Para que todos puedan entenderse, el mundo de la ciencia ha establecido unas unidades de medida para todos los valores. ¡A ver cuántos te sabes!

Masa	kilogramos
Distancia	metros
Tiempo	segundos
Corriente eléctrica	amperios
Temperatura	Kelvin
Intensidad luminosa	candelas

GRANDES INVENTOS DE LA CIENCIA

El profesor Bacterio es un científico que crea inventos locos para los agentes de la T.I.A. No siempre funcionan a la perfección, pero otros científicos sí que hicieron grandes descubrimientos, que han cambiado la historia de la humanidad. Aquí van solo unos pocos:

EL FUEGO

Hace 1,6 millones de años.

LA RUEDA

Alrededor del año 3.500 a. C.

LA PÓLVORA

Siglo X

LA IMPRENTA

1440

DE CIENCIA?

INVENTOS *MADE IN SPAIN*

En España han existido grandes inventores a lo largo de la historia, pero no todo el mundo sabe que algunos de los objetos que más usamos en nuestro día a día se inventaron aquí, en España.

LA FREGONA. Como objeto con cubo, palo y mocho con el que limpiar, se inventó en 1964.

EL CHUPA CHUPS. Gracias al palito con el que venía, fue el primer caramelo con el que nadie se manchaba los dedos. Se inventó en 1959.

EL SACAPUNTAS. Inspirado por el molinillo de café, se inventó en 1945.

EL TRAJE DE ASTRONAUTA. De acuerdo, quizá este objeto no lo uses todos los días, ¡pero ha sido de vital importancia para la investigación en el espacio! Se inventó en 1935.

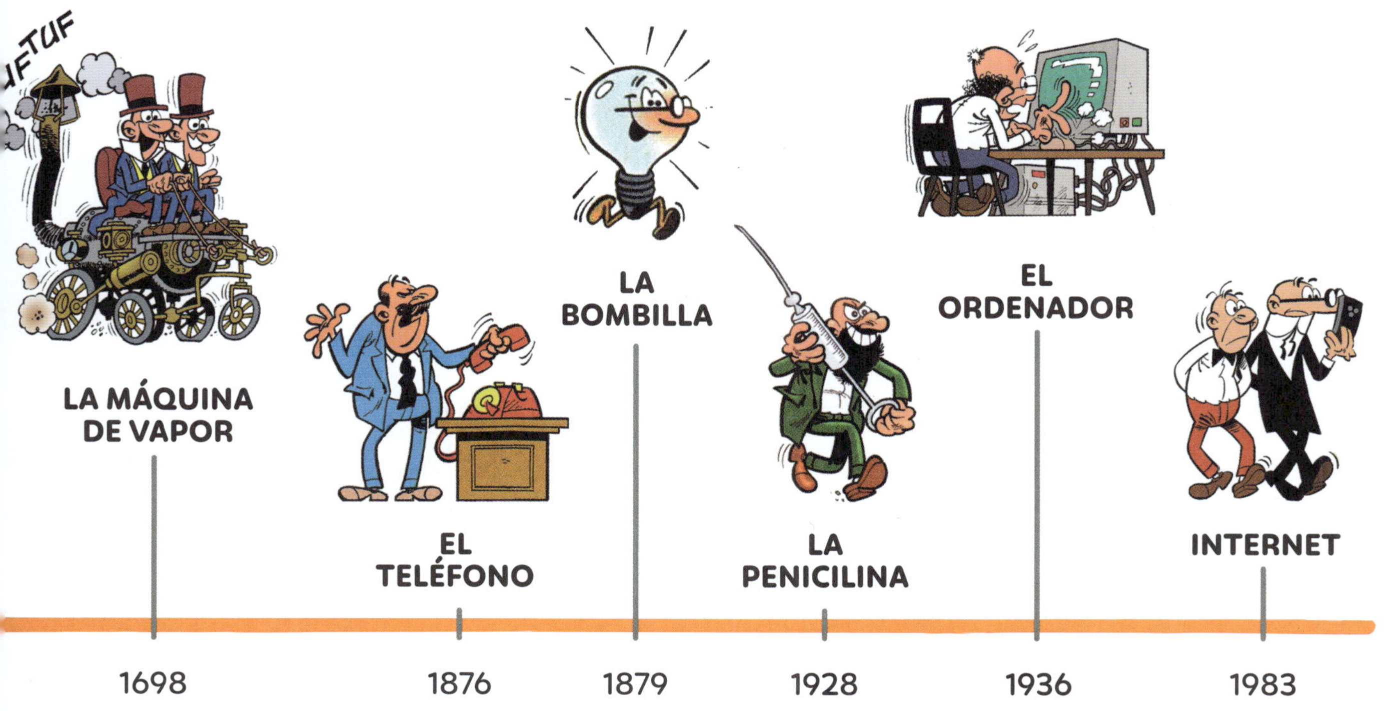

Actividades

DISEÑA

El profesor Bacterio es un gran inventor, ¡se le ocurren artilugios de todo tipo! ¿Te animas a imitarlo? **Dibuja aquí el invento que revolucionará el futuro.**

7 DIFERENCIAS

Con tantos fallos, hasta algunas viñetas se han visto perjudicadas. **¿Puedes encontrar las siete diferencias entre estas dos ilustraciones?**

INVENTA

¿Cómo habrías acabado tú la historieta de los inventos del doctor Bacterio? **Usa estas viñetas vacías para inventar tu propio final.**

¿Te has fijado?

EL AUTOR DE ESTOS CÓMICS ERA DE PLUMA INQUIETA Y LE ENCANTABA METER PEQUEÑOS DETALLES QUE PASABAN DESAPERCIBIDOS PARA EL QUE NO ESTABA ATENTO. **¿HAS LOCALIZADO TODOS ESTOS MIENTRAS LEÍAS?**

¿Exclamaciones que se dan la mano?

Una serpiente de cascabel ¡¡de verdad!!

Pero bueno, ¿quién se ha colado en la tubería?

Vaya, vaya, ¿de qué te suena este cartel?

Pero ¿qué clase de escudo de armas es ese, Mortadelo?

¡Pobre arañita!

¡Anda! Pero si tenemos otro cameo de dos grandes personajes de Ibáñez. ¿Sabes quiénes son?

¡Oh, no! Le han sacado media dentadura de un golpetazo.

Parece que alguien tiene la cena servida...

¡Filemón, no pises al pobre caracol!

¡Hasta el sombrero se ha llevado un susto de muerte!

¿Garbanzos, señor Súper? ¿Un bocadillo de garbanzos?

¡El nombre de Ibáñez forma parte de la puerta! Vaya sitio para firmar.

¡Fíjate! Del calambrazo que se han llevado, los dos pelos de Filemón están achicharrados.

Mortadelo, al menos te podías haber inventado un disfraz con un billete de verdad, ¡este es falso!

Actividades

SOPA DE LETRAS

Mortadelo y Filemón están hartos de probar los inventos del profesor Bacterio, así que los han escondido en esta sopa de letras para que nadie los encuentre. **¿Podrás encontrarlos todos?**

MECHERO
ZAPATO
GUANTE
BOINA
SUERO
SUPLANTÓN
MOTO
PÍLDORA

C	O	S	I	J	B	E	S	R	E
A	P	U	M	S	E	O	B	A	L
S	O	P	C	A	U	M	R	J	G
I	Z	L	U	O	S	E	U	R	U
M	B	A	E	M	P	C	R	H	A
I	R	N	P	O	E	H	C	O	N
E	M	T	T	A	S	E	A	G	T
U	E	O	G	E	T	R	U	V	E
A	M	N	W	A	B	O	I	N	A
P	I	L	D	O	R	A	G	O	M

PALABRAS DESORDENADAS

¡Oh, no! Parece que los criminales han pasado por aquí y han desordenado todas estas palabras. **¿Serás capaz de hacer que vuelvan a tener sentido?**

INAMUAQ	→
ITNVNEO	→
TORIBEAC	→
BROTO	→
SIXNOPLEO	→
YARO	→
TIOLOV	→
PIMOCA	→

Soluciones

¡HOLA, LECTOR!
¿CÓMO HAN IDO ESAS ACTIVIDADES?
¿QUIERES SABER SI HAS ACERTADO Y
ERES TODO UN ESPÍA DE LA T.I.A.?
AQUÍ ESTÁN LAS SOLUCIONES.

TEST DE LOS INVENTOS DEL PROFESOR BACTERIO

1. Negro
2. Con los zapatos antigravitores
3. Rogelio
4. Falso
5. Avión
6. Diez
7. A la Costa Azul

TEST DE LA MÁQUINA DE COPIAR GENTE

1. Burro
2. Para elefantes
3. Pipo
4. De muro
5. Garbanzos
6. Collar antivampiros
7. 17,50

SOPA DE LETRAS

C	O	S	I	J	B	E	S	R	E
A	P	U	M	S	E	O	B	A	L
S	O	P	C	A	U	M	R	J	G
I	Z	L	U	O	S	E	U	R	U
M	B	A	E	M	P	C	R	H	A
I	R	N	P	O	E	H	C	O	N
E	M	T	T	A	S	E	A	G	T
U	E	O	G	E	T	R	U	V	E
A	M	N	W	A	B	O	I	N	A
P	I	L	D	O	R	A	G	O	M

PALABRAS DESORDENADAS

MÁQUINA
INVENTO
BACTERIO
ROBOT
EXPLOSIÓN
RAYO
VOLTIO
PÓCIMA

FRANCISCO IBÁÑEZ TALAVERA nació en Barcelona el 15 de marzo de 1936. Desde muy pequeño, desarrolló una gran afición por los tebeos y el cine cómico estadounidense. Falleció el 15 de julio de 2023 en Barcelona, y todo el mundo lo echa de menos desde entonces.

Tras finalizar la escuela, Ibáñez empezó a estudiar contabilidad, y en 1950 entró a trabajar como botones en un banco. Dos años después empezó a compaginar con colaboraciones en revistas infantiles como ilustrador e historietista. En 1957 entró en la prestigiosa Editorial Bruguera, donde empezaría su espectacular carrera.

El nacimiento de Mortadelo y Filemón en enero de 1958 supuso el despegue definitivo de Ibáñez. Sus aventuras tuvieron tal éxito que enseguida se convirtió en la estrella indiscutible del cómic nacional. Desde entonces, Ibáñez trabajó como historietista dando vida a decenas de personajes y llevando a los lectores a las más desbaratadas aventuras.

TRANCH!